繁华落尽是孤独

季羡林　著

海峡出版发行集团 THE STRAITS PUBLISHING & DISTRIBUTING GROUP | 鹭江出版社 LUJIANG PUBLISHING HOUSE

2017年·厦门

季羡林藏品

季羡林藏品

季羡林藏品

季羡林藏品

目录

第一辑

痛别慈母：故乡记忆

我的童年

叔父和父亲

回忆起自己的童年来，眼前没有红，没有绿，是一片灰黄。

七十多年前的中国，刚刚推翻了清代的统治，神州大地，一片混乱，一片黑暗。我最早的关于政治的回忆，就是“朝廷”二字。当时的乡下人管当皇帝叫坐朝廷，于是“朝廷”二字就成了皇帝的别名。我总以为朝廷这种东西似乎不是人，而是有极大权力的玩意儿。乡下人一提到它，好像都肃然起敬。我当然更是如此。总之，当时皇威犹在，旧习未除，是大清帝国的继续，毫无万象更新之象。

我就是在这新旧交替的时刻，于 1911 年 8 月 6 日，生于山东省清平县（现改临清市）的一个小村庄——官庄。当时全中国的经济形势是南方富而山东（也包括北方其他的省份）穷。

专就山东论，是东部富而西部穷。我们县在山东西部，又是最穷的县，我们村在穷县中是最穷的村，而我们家在全村中又是最穷的家。

我们家据说并不是一向如此。在我诞生前似乎也曾有过比较好的日子。可是我降生时祖父、祖母都已去世。我父亲的亲兄弟共有三人，最小的一个（大排行是第十一，我们把他叫一叔）送给了别人，改了姓。我父亲同另外的一个弟弟（九叔）孤苦伶仃，相依为命。房无一间，地无一垄，两个无父无母的孤儿，活下去是什么滋味，活着是多么困难，概可想见。他们的堂伯父是一个举人，是方圆几十里最有学问的人物，做官做到一个什么县的教谕，也算是最大的官。他曾养育过我父亲和叔父，据说待他们很不错。可是家庭大，人多是非多。他们俩有几次饿得到枣林里去捡落到地上的干枣充饥。最后还是被迫弃家（其实已经没了家）出走，兄弟俩逃到济南去谋生。“文化大革命”中我自己“跳出来”反对那一位臭名昭著的“第一张马列主义大字报”的作者，惹得她“大发雌威”，两次派人到我老家官庄去调查，一心一意要把我“打成”地主。老家的人告诉那几个“革命”小将，说如果开诉苦大会，季羡林是官庄的第一名诉苦者，他连贫农都不够。

我父亲和叔父到了济南以后，人地生疏，拉过洋车，扛过大件，当过警察，卖过苦力。叔父最终站住了脚。于是兄弟俩一商量，让我父亲回老家，叔父一个人留在济南挣钱，寄钱回家，供我的父亲过日子。

白面馒头、杨狗、哑巴小

我出生以后，家境仍然是异常艰苦。一年吃白面的次数有限，平常只能吃红高粱面饼子；没有钱买盐，把盐碱地上的土扫起来，在锅里煮水，腌咸菜；什么香油，根本见不到。一年到底，就吃这种咸菜。举人的太太，我管她叫奶奶，她很喜欢我。我三四岁的时候，每天一睁眼，抬脚就往村里跑（我们家在村外），跑到奶奶跟前，只见她把手一卷，卷到肥大的袖子里面，手再伸出来的时候，就会有半个白面馒头拿在手中，递给我。我吃起来，仿佛是龙胆凤髓一般，我不知道天下还有比白面馒头更好吃的东西。这白面馒头是她的两个儿子（每家有几十亩地）特别孝敬她的。她喜欢我这个孙子，每天总省下半个，留给我吃。在长达几年的时间内，这是我每天最高的享受，最大的愉快。

大概到了四五岁的时候，对门住的宁大婶和宁大姑，每年夏秋收割庄稼的时候，总带我走出去老远到别人割过的地里去拾麦子或者豆子、谷子。一天辛勤之余，可以捡到一小篮麦穗或者谷穗。晚上回家，把篮子递给母亲，看样子她是非常喜欢的。有一年夏天，大概我拾的麦子比较多，她把麦粒磨成面粉，贴了一锅死面饼子。我大概是吃出味道来了，吃完了饭以后，我又偷了一块吃，让母亲看到了，赶着我要打。我当时是浑身一丝不挂，我逃到房后，往水坑里一跳。母亲没有法子下来捉我，我就站在水中把剩下的白面饼子尽情地享受了。

现在写这些事情还有什么意义呢？这些芝麻绿豆般的小事是不折不扣的身边琐事，使我终生受用不尽。它有时候能激励我前进，有时候能鼓舞我振作。我一直到今天对日常生活要求不高，对吃喝从不计较，难道同我小时候的这一些经历没有关系吗？我看到一些独生子女的父母那样溺爱子女，也颇不以为然。儿童是祖国的花朵，花朵当然要爱护，但爱护要得法，否则无疑是坑害子女。

不记得是从什么时候起我开始学着认字，大概也总在四岁到六岁之间。我的老师是马景功先生。现在我无论如何也记不起有什么私塾之类的场所，也记不起有什么《百家姓》《千字文》之类的书籍。我那一个家徒四壁的家就没有一本书，连带字的什么纸条子也没有见过。反正我总是认了几个字，否则哪里来的老师呢？马景功先生的存在是不能怀疑的。

虽然没有私塾，但是小伙伴是有的。我记得最清楚的有两个：一个叫杨狗，我前几年回家，才知道他的大名，他现在还活着，一字不识；另一个叫哑巴小（意思是哑巴的儿子），我到现在也没有弄清楚他姓甚名谁。我们三个天天在一起玩洑水，打枣，捉知了，摸虾，不见不散，一天也不间断。后来听说哑巴小当了山大王，练就了一身蹿房越脊的惊人本领，能用手指抓住大庙的椽子，浑身悬空，围绕大殿走一周。有一次被捉住，是十冬腊月，赤身露体，浇上凉水，被捆起来，倒挂一夜，仍然能活着。据说他从来不到官庄来作案，“兔子不吃窝边草”，这是绿林英雄的义气。后来终于被捉杀掉。我每次想到这样一个光着屁股游玩的小伙伴竟成为这样一个“英雄”，就颇有骄傲之意。

“造反”、铁砂掌、芍药花

我在故乡只待了六年，我能回忆起来的事情还多得很，但是我不想再写下去了。已经到了同我那一个一片灰黄的故乡告别的时候了。

我六岁那一年，是在春节前夕，公历可能已经是 1917 年，我离开父母，离开故乡，是叔父把我接到济南去的。叔父此时大概日子已经可以了，他兄弟俩只有我一个男孩子，想把我培养成人，将来能光大门楣，只有到济南去一条路。这可以说是我一生中最关键的一个转折点，否则我今天仍然会在故乡种地（如果我能活着的话），这当然算是一件好事。但是好事也会有成为坏事的时候。“文化大革命”中间，我曾有几次想道：“如果我叔父不把我从故乡接到济南的话，我总能过一个浑浑噩噩却舒舒服服的日子，哪能被‘革命家’打倒在地，身上踏上一千只脚还要永世不得翻身呢？”呜呼，世事多变，人生易老，真叫作没有法子！

到了济南以后，过了一段难过的日子。一个六七岁的孩子离开母亲，他心里会是什么滋味，非有亲身经历者，实难体会。我曾有几次从梦里哭着醒来。尽管此时不但能吃上白面馒头，而且还能吃上肉，但是我宁愿再啃红高粱饼子就苦咸菜。这种愿望当然只是一个幻想。我毫无办法，久而久之，也就习以为常了。

叔父望子成龙，对我的教育十分关心。先安排我在一个私塾里学习。老师是一个白胡子老头，面色严峻，令人见而生畏。每天入学，先向孔子牌位行礼，然后才是“赵钱孙李”。大约就在同时，叔父又把我送到一师附小去念书。

这个学校靠近南圩子墙，校园很空阔，树木很多。花草茂密，景色算是秀丽的。在用木架子支撑起来的一座柴门上面，悬着一块木匾，上面刻着四个大字：“循规蹈矩”。我当时并不懂这四个字的含义，只觉得笔画多得好玩而已。我就天天从这个木匾下出出进进，上学，游戏。当时立匾者的用心到了后来我才了解，无非是想让小学生规规矩矩做好孩子而已。但是用了四个古怪的字，小孩子谁也不懂，结果形同虚设，多此一举。

我“循规蹈矩”了没有呢？大概是没有。我们有一个珠算教员，眼睛长得凸了出来，我们给他起了一个绰号，叫作 shao qianr（济南话，意思是知了）。他对待学生特别蛮横。打算盘，错一个数，打一板子。打算盘错上十个八个数，甚至上百数，是很难避免的。我们都挨了不少的板子。不知是谁一嘀咕：“我们架（小学生的行话，意思是赶走）他！”立刻得到大家的同意。我们这一群十岁左右的小孩也要“造反”了。大家商定：他上课时，我们把教桌弄翻，然后一起离开教室，躲在假山背后。我们自己认为这个锦囊妙计实在非常高明，如果成功了，这位教员将无颜见人，非卷铺盖回家不可。然而我们班上出了“叛徒”，虽然只有几个人，他们想拍老师的马屁，没有离开教室。这一来，大大长了老师的气焰，他知道自己还有“群众”，于是威风大振，把我们这一群不知天高地厚的“叛逆者”狠狠地用大竹板打手心打了一阵，我们每个人的手都肿得像发面馒头。然而没有一个人掉泪。我以后每次想到这一件事，觉得很可以写进我的“优胜纪略”中去。“革命无罪，造反有理”，如果当时就有那一位伟大的“革命家”创造了这两句口号，那该有多么好呀！

到了学校里，用不着防备什么，一放学，就是我的天下。我往往躲到假山背后，或者一个盖房子的工地上，拿出“闲书”，狼吞虎咽似的大看起来。常常是忘记了时间，忘记了吃饭，有时候到了天黑，才摸回家去。我对小说中的绿林好汉非常熟悉，他们的姓名背得滚瓜烂熟，连他们用的兵器也如数家珍，比教科书熟悉多了，自己当然也希望成为那样的英雄。有一回，一个小朋友告诉我，把右手五个指头往大米缸里猛戳，一而再，再而三,一直到几百次，上千次。练上一段时间以后，再换上沙砾，用手猛戳，最终可以练成铁砂掌，五指一戳，能够戳断树木。我颇想有一个铁砂掌，信以为真，猛练起来，结果把指头戳破了，鲜血直流。知道自己与铁砂掌无缘，遂停止不练。

学习英文，也是从这个小学开始的。当时对我来说，外语是一种非常神奇的东西。我认为，方块字是天经地义，不用方块字，只弯弯曲曲像蚯蚓爬过的痕迹一样，居然能发出音来，还能有意思，简直是不可思议。越是神秘的东西，便越有吸引力。英文对于我就有极大的吸引力。我万没有想到望之如海市蜃楼般的、可望而不可即的东西竟然唾手可得了。我现在已经记不清楚，学习的机会是怎么来的。大概是一位教员会点英文，他答应晚上教一点，可能还要收点学费。总之，一个业余英文学习班很快就组成了，参加的大概有十几个孩子。究竟学了多久，我已经记不清楚，时候好像不太长，学的东西也不太多，二十六个字母以后，学了一些单词。我当时有一个非常伤脑筋的问题：为什么“是”和“有”算是动词？它们一点也不动嘛。当时老师答不上来，到了中学，英文老师也答不上来。当年用“动词”来译英文的verb的人，大概不会想到他这个译名惹下的祸根吧。

每次回忆学习英文的情景时，我眼前总有一团零乱的花影，是绛紫色的芍药花。原来在校长办公室前的院子里有几个花畦，春天一到，芍药盛开，都是绛紫色的花朵。白天走过那里，紫花绿叶，极为分明。到了晚上，英文课结束后，再走过那个院子，紫花与绿叶化成一个颜色，朦朦胧胧的一堆一团，因为有白天的印象，所以还知道它们的颜色。但夜晚眼前却只能看到花影，鼻子似乎有点花香而已。这一副情景伴随了我一生，只要是一想起学习英文，这一副美妙无比的情景就浮现到眼前来，带给我无量的幸福与快乐。

综观我的童年，从一片灰黄开始，到了正谊算是到达了一片浓绿的境界——我进步了。但这只是从表面上来看，从生活的内容上来看，依然是一片灰黄。即使到了济南，我的生活也难找出什么有声有色的东西。我从来没有什么玩具，自己把细铁条弄成一个圈，再弄个钩一推，就能跑起来，自己就非常高兴了。贫困、单调、死板、固执，是我当时生活的写照。接受外面信息，仅凭五官。什么电视机、收录机，连影儿都没有。我小时连电影也没有看过，其余概可想见了。

今天的儿童有福了。他们有多少花样翻新的玩具呀！他们有多少儿童乐园、儿童活动中心呀！他们饿了吃面包，渴了喝这可乐、那可乐，还有牛奶、冰激凌；电影看厌了，看电视；广播听厌了，听收录机。信息从天空、海外，越过高山大川，纷纷蜂拥而来，他们才真是“儿童不出门，便知天下事”。可是他们偏偏不知道旧社会。就拿我来说，如果不认真回忆，我对旧社会的情景也逐渐淡漠，有时竟淡如云烟了。

今天我把自己的童年尽可能真实地描绘出来，不管还多么不全面，不管怎样挂一漏万，也不管我的笔墨多么拙笨，就是上面写出来的那一些，我们今天的儿童读了，不是也可以从中得到一点启发，从中悟出一些有用的东西来吗？

1986年6月6日

原文《我的童年》，有删减

不安定的小学和中学

滑稽的转学

学校全名应该是山东省立第一师范附属小学。

我于 1917 年阴历年时分从老家山东清平（现划归临清市）到了济南，投靠叔父。大概就在这一年，念了几个月的私塾，地点在曹家巷。第二年，就上了一师附小。地点在南城门内升官街西头。所谓“升官街”，与升官发财毫无关系。“官”是“棺”的同音字，这一条街上棺材铺林立。大家忌讳这个“棺”字，所以改谓升官街，礼也。

附小好像是没有校长，由一师校长兼任。当时的一师校长是王士栋，字祝晨，绰号“王大牛”。他是山东教育界的著名人物。民国一创建，他就是活跃的积极分子，担任过教育界的什么高官，同鞠思敏先生等同为山东教育界的元老，在学界享有盛誉。当时，一师和一中并称，都是山东省立重要的学校，因此，一师校长也是一个重要的职位。在一个七八岁的小学生眼中，校长宛如在九天之上，可望而不可即。可是命运真会捉弄人，在十六年以后，在1934年，我在清华大学毕业后到山东省立济南高中来教书，王祝晨老师也在这里教历史，我们成了平起平坐的同事。在王老师方面，在一师附小时，他根本不会知道我这样一个小学生，他对此事，绝不会有什么感触。而在我呢，情况却迥然不同，一方面我对他执弟子礼甚恭，一方面又是同事，心里直乐。

我大概在一师附小只待了一年多，不到两年，因为在我的记忆中换过一次教室，足见我在那里升过一次级。至于教学的情况，老师的情况，则一概记不起来了。唯一的残留在记忆中的一件小事，就是认识了一个“盔”字，也并不是在国文课堂上，而是在手工课堂上。老师教我们用纸折叠东西，其中有一个头盔，知道我们不会写这个字，所以用粉笔写在黑板上。这事情发生在一间大而长的教室中，室中光线不好，有点黯淡，学生人数不少。教员写完了这个字以后，回头看学生，戴着近视眼镜的脸上，有一丝笑容。

我在记忆里深挖，再深挖，实在挖不出多少东西来。学校的整个建筑，一团模糊。教室的情况，如云似雾。教师的名字，一个也记不住。学习的情况，如海上三山，糊里糊涂。总之是一点具体的影像也没有。我只记得，李长之是我的同班。因为他后来成了名人，所以才记得清楚，当时对他的印象也是模糊不清的。最奇怪的是，我记得了一个叫卞蕴珩的同学。他大概是长得非常漂亮，行为也极潇洒。对于一个七八岁的孩子来说，男女外表的美丑，他们是不关心的。可不知为什么，我竟记住了卞蕴珩，只是这个名字我就觉得美妙无比。此人后来再没有见过。对我来说，他成为一条神龙。

此外，关于我自己，还能回忆起几件小事。首先，我做过一次生意。我住在南关佛山街，走到西头，过马路就是正觉寺街。街东头有一个地方，叫新桥。这里有一所炒卖五香花生米的小铺子。铺子虽小，名气却极大。这里的五香花生米（济南俗称长果仁）又咸又香，远近驰名。我经常到这里来买。我上一师附小，一出佛山街就是新桥，可以称为顺路。有一天，不知为什么，我忽发奇想，用自己从早点费中积攒起来的一些小制钱（中间有四方孔的铜币）买了半斤五香长果仁，再用纸分包成若干包，带到学校里向小同学兜售，他们都震于新桥花生米的大名，纷纷抢购，结果我赚了一些小制钱，尝到做买卖的甜头，偷偷向我家的阿姨王妈报告。这样大概做了几次。我可真没有想到，自己在七八岁时竟显露出来了做生意的“天才”。可惜我以后“误”入“歧途”，“天才”没有得到发展。否则，如果我投笔从贾，说不定我早已成为一个大款，挥金如土，不像现在这样柴、米、油、盐、酱、醋、茶都要斤斤计算了。我是一个被埋没了的“天才”。

还有一件小事，就是滚铁圈。我一闭眼，仿佛就能看到一个八岁的孩子，用一根前面弯成钩的铁条，推着一个铁圈，在升官街上从东向西飞跑，耳中仿佛还能听到铁圈在青石板路上滚动的声音。这就是我自己。有一阵子，我迷上了滚铁圈这种活动。在南门内外的大街上没法推滚，因为车马行人，喧闹拥挤。一转入升官街，车少人稀，英雄就大有用武之地了。我用不着拐弯，一气就推到附小的大门。

然而，世事多变，风云突起。为了一件没有法子说是大是小的、说起来简直是滑稽的事儿，我离开了一师附小，转了学。原来，当时正是五四运动风起云涌的时候，而一师校长王祝晨是新派人物，立即起来响应，改文言为白话。忘记了是哪个书局出版的国文教科书中选了一篇名传世界的童话《阿拉伯的骆驼》，内容讲的是在沙漠大风暴中，主人躲进自己搭起来的帐篷，而把骆驼留在帐外。骆驼忍受不住风沙之苦，哀告主人说：“只让我把头放进帐篷行不行？”主人答应了。过了一会儿，骆驼又哀告说：“让我把前身放进去行不行？”主人又答应了。又过了一会儿，骆驼又哀告说：“让我全身都进去行不行？”主人答应后，自己却被骆驼挤出了帐篷。童话的意义是非常清楚的。但是天有不测风云，这篇课文竟让叔父看到了。他大为惊诧，高声说："骆驼怎么能说话呢！荒唐！荒唐！转学！转学！"

于是我立即转了学。从此一师附小只留在我的记忆中了。

原标题《回忆一师附小》

新育小学

我从一师附小转学出来，转到了新育小学，时间是在 1920 年，我九岁。我同一位长我两岁的亲戚同来报名。面试时我认识了一个"骡"字，定为高小一班。我的亲戚不认识，便定为初小三班，少我一字，一字之差我比他高了一班。

学习的一般情况

在我的小学和中学中，新育小学不能说是一所关键的学校。可是不知为什么，我对新育三年记忆得特别清楚。一闭眼，一幅完整的新育图景就展现在我的眼前，仿佛是昨天才离开那里的，校舍和人物，以及我的学习和生活，巨细不遗，均深刻地印在我的记忆中。更奇怪的是，我上新育与一师附小紧密相连，时间不过是几天的工夫，而后者则模糊成一团，几乎是什么也记不起来。其原因到现在我也无法解释。

总之，一句话，我是不喜欢念正课的。对所有的正课，我都采取对付的办法。上课时，不是玩小动作，就是不专心致志地听老师讲，脑袋里不知道是想些什么，常常走神儿，斜眼看到教室窗外四时景色的变化，春天繁花似锦，夏天绿柳成荫，秋天风卷落叶，冬天白雪皑皑。旧日有一首诗："春天不是读书天，夏日迟迟正好眠，秋有蚊虫冬有雪，收拾书包好过年。"可以为我写照。当时写作文都用文言，语言障碍当然是有的，最困难的是不知道怎样起头。老师出的作文题写在黑板上，我立即在作文簿上写上"人生于世"四个字，下面就穷了词儿，仿佛永远要"生"下去似的。以后憋好久，才能憋出一篇文章。万没有想到，以后自己竟一辈子舞笔弄墨。我逐渐体会到，写文章是要讲究结构的，而开头与结尾最难，这现象在古代大作家笔下经常可见。然而，到了今天，知道这种情况的人似乎已不多了。也许有人竟认为这是怪论，是迂腐之谈，我真欲无言了。有一次作文，我不知从什么书里抄了一段话："空气受热而上升，他处空气来补其缺，遂流动而成风。"句子通顺，受到了老师的赞扬。可我一想起来，心里就不是滋味，愧悔有加。在今天，这也可能算是文坛的腐败现象吧。可我只是十岁的孩子，不知道什么叫文坛，我一不图名，二不图利，完全为了好玩儿。但自己也知道，这样做是不对的，所以才悔愧，从那以后，一生中再没有剽窃过别人的文字。

小学也是每学期考试一次，每年两次，三年共有六次，我的名次总盘桓在甲等三四名和乙等前几名之间。甲等第一名被一个叫李玉和的同学包办。他比我大几岁，是一个拼命读书的学生。我从来也没有争第一名的念头，我对此事极不感兴趣。根据我后来的经验，小学考试的名次对一个学生一生的生命历程没有多少影响。家庭出身和机遇影响更大。我从前看过一幅丰子恺的漫画，标题是“小学的同学”，画着一副卖吃食的担子，旁边站着两个人，颇能引人深思。但是，我个人有一次经历，比丰老画得深刻多了。有一天晚上，我在济南院前大街雇洋车回佛山街，在黑暗中没有看清车夫是什么人。到了佛山街下车付钱的时候，蓦抬头，看到是我新育小学的同班同学！我又惊讶又尴尬，一时说不出话来。我如果是漫画家，画上一幅画，一辆人力车，两个人，一人掏钱，一人接钱。相信会比丰老的画更能令人深思。

偷看小说

那时候，在我们家，小说被称为“闲书”，是绝对禁止看的。但是，我和秋妹都酷爱看“闲书”，高级的“闲书”，像《红楼梦》《西游记》之类，我们看不懂，也得不到，所以不看。我们专看低级的“闲书”，如《彭公案》《施公案》《济公传》《七侠五义》《小五义》《东周列国志》《说唐》《封神榜》等。我们都是小学水平，秋妹更差，只有初小水平，我们认识的字都有限。当时没有什么词典，有一部《康熙字典》，我们也不会、也不肯去查。经常念别字，比如把“飞檐走壁”，念成了“飞 dan 走壁”，把“气往上冲（衝）”念成了“气住上冲（重）”。反正，即使有些字不认识，内容还是能看懂的。我们经常开玩笑说：“你是用笤帚扫，还是用扫帚扫？”不认识的字少了，就是笤帚，多了就用扫帚。尽管如此，我们看“闲书”的瘾头仍然极大。那时候，我们家没有电灯，晚上，把煤油灯吹灭后，躺在被窝里，用手电筒来看。那些“闲书”，都是洋光纸石印的，字极小，有时候还不清楚。看了几年，我居然没有变成近视眼，实在是出我意料。

我不但在家里偷看，还把书带到学校里去，偷空就看上一段。校门外左首空地上，正在施工盖房子。运来了很多红砖，摞在那里，不是一摞，而是很多摞，中间有空隙，坐在那里，外面谁也看不见。我就搬几块砖下来，坐在上面，在下课之后，且不回家，掏出“闲书”，大看特看。书中侠客们的飞檐走壁，刀光剑影，仿佛就在我眼前晃动，我似乎也参与其间，乐不可支。等到脑筋清醒了一点，回家已经过了吃饭的时间，常常挨数落。

这样的“闲书”，我看得数量极大，种类极多。光是一部《彭公案》，我就看到了四十几续部。越说越荒唐，越说越神奇，到了后来，书中的侠客个个赛过《西游记》的孙猴子。但这有什么害处呢？我认为没有。除了我一度想练铁砂掌以外，并没有持刀杀人，劫富济贫，做出一些荒唐的事情，危害社会。不但没有害处，我还认为有好处。记得鲁迅先生在答复别人问他怎样才能写通写好文章的时候说过，要多读多看，千万不要相信《文章作法》一类的书籍。我认为，这是至理名言。现在，对小学生，在课外阅读方面，同在别的方面一样，管得过多，管得过严，管得过死，这不一定就是正确的方法。无为而治，我并不完全赞成，但为的太多，我是不敢苟同的。

我的性格

我一生自认为是一个性格内向的人，一个上不得台盘的人。每次参加大会，在大庭广众中，浑身觉得不自在，总想找一个旮旯儿藏在那里，少与人打交道。“今天天气，哈，哈，哈”一类的话，我不愿意说，说出来也不地道。每每看到一些男女交际花，在人群中走来走去，如鱼得水，左边点头，右边哈腰，脸上做微笑状，纵横捭阖，折冲樽俎，得意洋洋，顾盼自雄，我真是羡慕得要死，可我做不到。我现在之所以被人看作社会活动家，甚至国际活动家，完全是环境造成的。是时势造“英雄”，我是一只被赶上了架的鸭子。

可是现在回想起来，我在新育小学时期，性格好像不是这个样子，一点也不内向，外向得很。我喜欢打架，欺负人，也被人欺负。有一个男孩子，比我大几岁，个子比我高半头，总好欺负我。最初我有点怕他，他比我劲大。时间久了，我忍无可忍，同他干了一架。他个子高，打我的上身。我个子矮，打他的下身。后来搂抱住滚在双杠下面的沙土堆里，有时候他在上面，有时候我在上面，没有决出胜负。上课铃响了，各回自己的教室。从此他再也不敢欺负我，天下太平了。

我却反过头来又欺负别的孩子。被我欺负最厉害的是一个名叫刘志学的小学生，岁数可能比我小，个头差不多，但是懦弱无能，一眼被我看中，就欺负起他来。根据我的体会，小学生欺负人并没有任何原因，也没有什么仇恨。只是个人有劲使不出，无处发泄，便寻求发泄的对象了。刘志学就是我寻求的对象，于是便开始欺负他，命令他跪在地下，不听就拳打脚踢。如果他鼓起勇气，抵抗一次，我也许就会停止，至少会收敛一些。然而他是个窝囊废，一丝抵抗的意思都没有。这当然更增加了我的气焰，欺负的次数和力度都增加了。刘志学家同婶母是拐弯抹角的亲戚。他向家里告状，他父母便来我家告状。结果是我挨了婶母一阵数落，这一幕悲喜剧才告终。

从这一件小事来看，我无论如何也不能算是一个内向的孩子。怎么会一下子转成内向了呢？这问题我从来没有想到过。现在忽然想起来了，也就顺便给它一个解答。我认为，《三字经》中有两句话："性相近，习相远。""习"是能改造"性"的。我六岁离开母亲，童心的发展在无形中受到了阻碍。我能躺在一个非母亲的人的怀抱中打滚撒娇吗？这是不能够想象的。我不能说，叔婶虐待我，那样说是谎言，但是在日常生活中小小的歧视，却是可以感觉得到的，比如说，做衣服，有时就不给我做。在平常琐末的小事中，偏心自己的亲生女儿，这也是人之常情，不足为怪。一个七八岁的孩子对于这些事情并不敏感。但是，积之既久，在自己潜意识中难免留下些印记，从而影响到自己的行动。我清晰地记得，向婶母张口要早点钱，在我竟成了难题。有一个夏天的晚上，我们都在院子里铺上席，躺在上面纳凉。我想到要早点钱，但不敢张口，几次欲言又止，最后时间已接近深夜，才鼓起了最大的勇气，说要几个小制钱。钱拿到手，心中狂喜，立即躺下，进入梦乡，睡了一整夜。对一件事来说，这样的心理状态是影响不大的，但是时间一长，性格就会受到影响。我觉得，这个解释是合情合理的。

我在这里必须补充几句。我为什么能够从乡下到济南来呢？原因极为简单。我的上一辈大排行兄弟十一位，行一的大大爷和行二的二大爷是亲兄弟，是举人的儿子。我父亲行七，叔父行九，还有一个十一叔，是一母一父所生。最后一个因为穷，而且父母双亡，送给了别人，改姓刁。其余的行三四五六八十的都因穷下了关东，以后失去了联系，不知下落。留下的五个兄弟，大大爷有一个儿子，早早死去。我生下来时，全族男孩就我一个，成了稀有金属，传宗接代的大任全压在我一个人身上。在我生前很多年，父亲和九叔不到二十岁的时候，失怙失恃，无衣无食，兄弟俩被迫到济南去闯荡，经过了千辛万苦，九叔立定了脚跟。我生下来六岁时，把我接到济南。如果当时他有一个男孩的话，我是到不了济南的。如果我到不了济南，也不会有今天的我。我大概会终生成为一个介乎贫雇农之间的文盲，也许早已不在人世，墓木久拱了。所以我毕生感谢九叔。上面说到的那一些家庭待遇，并没有逾越人情的常轨，我并不怀恨在心。不过，既然说到我的小学和我的性格，不得不说说而已。

选自《回忆新育小学》

“破正谊”

我幼无大志，自谓不过是一只燕雀，不敢怀“鸿鹄之志”。小学毕业时是1923年，我十二岁。当时山东省立第一中学赫赫有名，为众人所艳羡追逐的地方，我连报名的勇气都没有，只敢报考正谊中学，这所学校绰号不佳：“破正谊”，与“烂育英”相映成双。

可这个“破”学校入学考试居然敢考英文，我“瞎猫碰上了死耗子”，居然把英文考卷答得颇好。因此，我被录取为不是一年级新生，而是一年半级，只需念两年半初中即可毕业。

“破正谊”确实有点“破”，首先是教员水平不高。有一个教生物的教员把“玫瑰”读为 jiu kuai，可见一斑。但也并非全破。校长鞠思敏先生是山东教育界的老前辈，人品道德，有口皆碑；民族气节，远近传扬。他生活极为俭朴，布衣粗食，不改其乐。他立下了一条规定：每周一早晨上课前，召集全校学生，集合在操场上，听他讲话。他讲的都是为人处世、爱国爱乡的大道理，从不间断。我认为，在潜移默化中对学生会有良好的影响。

教员也不全是 jiu kuai 先生，其中也间有饱学之士。有一个姓杜的国文教员，年纪相当老了。由于肚子特大，同学们送他一个绰号“杜大肚子”，名字反隐而不彰了。他很有学问，对古文，甚至“显学”都有很深的造诣。我曾胆大妄为，写过一篇类似骈体文的作文。他用端正的蝇头小楷，把作文改了一遍，给的批语是：“欲作花样文章，非多记古典不可。”可怜我当时只有十三四岁，读书不多，腹笥瘠薄，哪里记得多少古典！

另外有一位英文教员，名叫郑又桥，是江浙一带的人，英文水平极高。他改学生的英文作文，往往不是根据学生的文章修改，而是自己另写一篇。这情况只出现在英文水平高的学生作文簿中。他的用意大概是想给他们以简练揣摩的机会，以提高他们的水平，用心亦良苦矣。英文读本水平不低，大半是《天方夜谭》《莎氏乐府本事》《泰西五十轶事》《纳氏文法》等。

我从小学到初中，不是一个勤奋用功的学生，考试从来没有得过甲等第一名，大概都是在甲等第三四名或乙等第一二名之间。我也根本没有独占鳌头的欲望。到了正谊以后，此地的环境更给我提供了最佳游乐的场所。校址在大明湖南岸，校内清溪流贯，绿杨垂荫。校后就是“四面荷花三面柳，一城山色半城湖”的“湖”。岸边荷塘星罗棋布，芦苇青翠茂密，水中多鱼虾、青蛙，正是我戏乐的天堂。我家住南城，中午不回家吃饭，家里穷，每天只给铜元数枚，作午餐费。我以一个铜板买锅饼一块，一个铜板买一碗炸丸子或豆腐脑，站在担旁，仓促食之，然后飞奔到校后湖滨去钓虾，钓青蛙。虾是齐白石笔下的那一种，有两个长夹，但虾是水族的蠢材，我只需用苇秆挑逗，虾就张开一只夹，把苇秆夹住，任升提出水面，决不放松。钓青蛙也极容易，只需把做衣服用的针敲弯，抓一只苍蝇，穿在上面，向着蹲坐在荷叶上的青蛙，来回抖动，青蛙食性一起，跳起来猛吞针上的苍蝇，立即被我生擒活捉。我沉湎于这种游戏，其乐融融。至于考个甲等、乙等，则于我如浮云，“管他娘”了。

但是，叔父对我的要求却是很严格的。正谊有一位教高年级国文的教员，叫徐（或许）什么斋，对古文很有造诣。他在课余办了一个讲习班，专讲《左传》《战国策》《史记》一类的古籍，每月收几块钱的学费，学习时间是在下午四点下课以后。叔父要我也报了名。每天正课完毕以后，再上一两个小时的课，学习上面说的那一些古代典籍，现在已经记不清楚，究竟学习了多长的时间，好像时间不是太长。有多少收获，也说不清楚了。

当时，济南有一位颇有名气的冯鹏展先生，老家广东，流寓北方。英文水平很高，白天在几个中学里教英文，晚上在自己创办的尚实英文学社授课。他住在按察司街南口一座两进院的大房子里，学社就设在前院几间屋子里，另外还请了两位教员，一位是陈鹤巢先生，一位是纽威如先生，白天都有工作，晚上七至九时来学社上课。当时正流行 diagram(图解)式的英文教学法，我们学习英文也使用这种方法，觉得颇为新鲜。学社每月收学费大洋三元，学生有几十人之多。我大概在这里学习了两三年，收获相信是有的。

就这样，虽然我自己在学习上并不勤奋，然而，为环境所迫，反正是够忙的。每天从正谊回到家中，匆匆吃过晚饭，又赶回城里学英文。当时只有十三四岁，精力旺盛到超过需要。在一天奔波之余，每天晚九点下课后，还不赶紧回家，而是在灯火通明的十里长街上，看看商店的橱窗，慢腾腾地走回家。虽然囊中无钱，看了琳琅满目的商品，也能过一过“眼瘾”，饱一饱眼福。

叔父显然认为，这样对我的学习压力还不够大，必须再加点码。他亲自为我选了一些古文，讲宋明理学的居多，亲手用毛笔正楷抄成一本书，名之曰《课侄选文》，有空闲时，亲口给我讲授，他坐，我站，一站就是一两个小时。要说我真感兴趣，那是谎话。这些文章对我来说，远远比不上叔父称之为“闲书”的那一批《彭公案》《济公传》等有趣。我往往躲在被窝里用手电筒来偷看这些书。

我在正谊中学读了两年半书就毕业了。在这一段时间内，我懵懵懂懂，模模糊糊，在明白与不明白之间；主观上并不勤奋，客观上又非勤奋不可；从来不想争上游，实际上却从未沦为下游。最后离开了我的大虾和青蛙，我毕业了。

我告别了我青少年时期的一个颇为值得怀念的阶段，更上一层楼，走上了人生的一个新阶段。当年我十五岁，时间是1926年。

选自《我的中学时代》，原标题《初中时期》

高中时代

初中读了两年半，毕业正在春季。没有办法，我只能就近读正谊高中。年级变了，上课的地址没有变，仍然在山(假山也)

奇水秀的大明湖畔。

这一年夏天，山东大学附设高级中学成立了。山东大学是山东省的最高学府，校长是有名的前清状元山东教育厅长王寿彭，以书法名全省。因为状元是“稀有品种”，所以他颇受到一般人的崇敬。

附设高中一建立，因为这是一块金招牌，立即名扬齐鲁。我此时似乎也有了一点雄心壮志，不再像以前那样畏畏缩缩，经过了一番考虑，立即决定舍正谊而取山大高中。

山大高中是文理科分校的，文科校址选在北园白鹤庄。此地遍布荷塘，春夏之时，风光秀丽旖旎，绿柳迎地，红荷映天，山影迷离，湖光潋滟，蛙鸣塘内，蝉噪树巅。我的叔父曾有一首诗，赞美北园：“杨花落尽菜花香，嫩柳扶疏傍寒塘。蛙鼓声声向人语，此间即是避秦乡。”可见他对北园的感受。

我喜欢自然风光，特别是早晨和夜晚。早晨，在吃过早饭以后上课之前，在春秋佳日，我常一个人到校舍南面和西面的小溪旁去散步，看小溪中碧水潺潺，绿藻飘动，顾而乐之，往往看上很久。到了秋天，夜课以后，我往往一个人走出校门在小溪边上徘徊流连。我最喜欢看的就是捕蟹。附近的农民每晚来到这里，用苇箔插在溪中，小溪很窄，用不了多少苇箔，水能通过苇箔流动，但是鱼蟹则是过不去的。农民点一盏煤油灯，放在岸边。在夜里，只要看见一点亮，就从芦苇丛中爬出来，奋力爬去，爬到灯边，农民一伸手就把它捉住，放在水桶里，等待上蒸笼。间或也有大鱼游来，被羊箔挡住，游不过去，又不知回头，只在箔前跳动。这时候农民就不能像捉螃蟹那样，一举手，一投足，就能捉到一只，必须动真格的了。只见他站起身来，举起带网的长竿，鱼越大，劲越大，它不会束“手”待捉，奋起抵抗，往往斗争很久，才能把它捉住。这是我最爱看的一幕。我往往蹲在小溪边上，直到夜深。

在学习方面，我现在开始买英文书。我经济大概是好了一点，不像上正谊时那么窘，节衣缩食，每年大约能省出两三块大洋，我就用这钱去买英文书。买英文书，只有一个地方，就是日本东京的丸善书店。办法很简便，只需写一张明信片，写上书名，再加上三个英文字母COD(cash on delivery)，日文叫作“代金引换”，意思就是：书到了以后，拿着钱到邮局去取书。我记得，在两年之内，我只买过两三次书，其中至少有一次买的是英国作家Kipling的短篇小说集。不知道为什么我当时竟迷上了Kipling。后来学了西洋文学，才知道，他在英国文学史上是一个上不得大台盘的作家。我还试着翻译过他的小说，只译了一半，稿子早就不知道丢到哪里去了。反正我每次接到丸善书店的回信，就像过年一般地欢喜。我立即约上一个比较要好的同学，午饭后，立刻出发，沿着胶济铁路，步行走向颇远的商埠，到邮政总局去取书，当然不会忘记带上两三元大洋。走在铁路上的时候，如果适逢有火车开过，我们就把一枚铜元放在铁轨上，火车一过，拿来一看，已经压成了扁的，这个铜元当然就作废了，这完全是损己而不利人的恶作剧。要知道，当时我们才十五六岁，正是顽皮的时候，不足深责的。

有一次，我特别惊喜。我们在走上铁路之前，走在一块荷塘边上。此时塘里什么都没有，荷叶、苇子和稻子都没有。一片清水像明镜一般展现在眼前，“天光云影共徘徊”，风光极为秀丽。我忽然见（不是看）到离这二三十里路的千佛山的倒影清晰地印在水中，我大为惊喜。记得刘铁云《老残游记》中曾写到在大明湖看到千佛山的倒影。有人认为荒唐，离开二十多里，怎能在大明湖中看到倒影呢？我也迟疑不决。今天竟于无意中看到了，证明刘铁云观察得细致和准确，我怎能不狂喜呢？

从邮政总局取出了丸善书店寄来的书以后，虽然不过是薄薄的一本，然而内心里却似乎增添了极大的力量。一种语言文字无法传达的幸福之感油然溢满心中。在走回学校的路上，虽然已经步行了二十多里路，却一点也感觉不到疲倦。同来时比较起来，仿佛感到天空更蓝，白云更白，绿水更绿，草色更青，荷花更红，荷叶更圆，蝉声更响亮，鸟鸣更悦耳，连刚才看过的千佛山倒影也显得更清晰，脚下的黄土也都变成了绿茵，踏上去软绵绵的，走路一点也不吃力。这是我第一次用自己省下来的钱买自己心爱的英文书的感觉，七十多年以后的今天，一回忆起来，仍仿佛就在眼前。这种好买书的习惯一直伴随着我，至今丝毫没有减退。

这所新高中在大名之下，是能副其实的。首先是教员队伍可以说是极一时之选，所有的老师几乎都是山东中学界赫赫有名的人物。国文教员王良玉先生家学渊源，学有素养，文宗桐城派，著有文集，后为青岛大学教师。英文教员是北大毕业的刘老师，英文很好，是一中的教员。教数学的是王老师，也是一中的名教员。教史地的是祁蕴璞先生，一中教员，好学不倦，经常从日本购买新书，像他那样熟悉世界学术情况的人，恐怕他是唯一的一个。教伦理学的是上面提到的正谊的校长鞠思敏先生。教逻辑的是一中校长完颜祥卿先生。此外还有两位教经学的老师，一位是前清翰林或进士，由于年迈，有孙子伴住，姓名都记不清了。另一位姓名也记不清，因为他忠于清代，开口就说："我们大清国如何如何。"所以学生就管他叫"大清国"。两位老师教《诗经》《书经》等书，上课从来不带任何书，四书、五经，本文加注，都背得滚瓜烂熟。

中小学生都爱给老师起绰号，并没有什么恶意，此事恐怕古今皆然，南北不异。上面提到的"大清国"，只是其中之一。我们有一位“监学”，可能相当于后来的训育主任，他经常住在学校，权力似乎极大，但人缘却并不佳。因为他秃头无发，学生们背后叫他“刘秃蛋”。那位姓刘的英文教员，学生还是很喜欢他的，只因他人长得过于矮小，学生们送给他了一个非常刺耳的绰号，叫作“X亘”，X代表一个我无法写出的字。

建校第一年，招了五班学生，三年级一个班，二年级一个班，一年级三个班，总共不到二百人。因为学校离城太远，学生全部住校。伙食由学生自己招商操办，负责人选举产生。因为要同奸商斗争，负责人的精明能干就成了重要的条件。奸商有时候夜里偷肉，负责人必须夜里巡逻，辛苦可知。遇到这样的负责人，伙食质量立即显著提高，他就能得全体同学的拥护，从而连续当选，学习必然会受到影响。

学校风气是比较好的，学生质量是比较高的，学生学习是努力的。因为只有男生，不收女生，因此免掉很多麻烦，没有什么“绯闻”一类的流言。“刘秃蛋”人望不高，虽然不学，但却有术，统治学生，胡萝卜与大棒并举，拉拢与表扬齐发。除了我们三班“架”走了一个外省来的英文教员以外，再也没有发生什么风波。此地处万绿丛中，远挹佛山之灵气，近染荷塘之秀丽，地灵人杰，颇出了一些学习优良的学生。

至于我自己，上面已经谈到过，在心中有了一点“小志”，大概是因为入学考试分数高，所以一入学我就被学监指定为三班班长。在教室里，我的座位是第一排左数第一张桌子，标志着与众不同。论学习成绩，因为我对国文和英文都有点基础，别人无法同我比。别的课想得高分并不难，只要在考前背熟课文就行了。国文和英文，则必须学有素养，临阵磨枪，临时抱佛脚，是不行的。在国文班上，王良玉老师出的第一次作文题是“读《徐文长传》书后”，我不意竟得了全班第一名，老师的评语是“亦简练，亦畅达”。此事颇出我意外。至于英文，由于我在上面谈到的情况，我独霸全班，被尊为“英文大家”(学生戏译为 great home)。第一学期，我考了个甲等第一名。这是我生平第一次荣登这个宝座，虽然并非什么意外之事，我却有点沾沾自喜。

可事情还没有完。王状元不知从哪里得来的灵感，他规定：凡是甲等第一名平均成绩在九十五分以上者，他要额外褒奖。全校五个班当然有五个甲等第一，但是，平均分数超过九十五分者，却只有我一个人，我的平均分数是九十七分。于是状元公亲书一副对联，另外还写了一个扇面，称我为“羡林老弟”，这实在是让我受宠若惊。对联已经佚失，只有扇面还保存下来。

虚荣之心，人皆有之；我独何人，敢有例外。于是我真正立下了“大志”，决不能从宝座上滚下来，那样面子太难看了。

我买了韩、柳、欧、苏的文集，苦读不辍。又节省下来仅有的一点零用钱，远至日本丸善书店，用“代金引换”的办法，去购买英文原版书，也是攻读不辍。结果是“皇天不负有心人”，两年四次考试，我考了四个甲等第一，大大地满足了自己的虚荣心。我不愿意说谎话，我绝不是什么英雄，“怀有大志”，我从来没有过“大丈夫当如是也”一类的大话，我是一个十分平庸的人。

时间到了1928年，应该上三年级了。但是日寇在济南制造了五三惨案，杀了中国的外交官蔡公时，派兵占领了济南。学校停办，外地的教员和学生，纷纷逃离。我住在济南，只好留下，当了一年的“准亡国奴”。

第二年，1929年，奉系的土匪军阀早就滚蛋，来的是西北军和国民党的新式军阀。王老状元不知哪里去了。教育厅长换了新派人物，建立了全省唯一的一所高中：山东省立济南高中。表面上颇有“换了人间”之感，四书、五经都不念了，写作文也改用了白话。教员阵容仍然很强，但是原有的老教员多已不见，而是换了一批外省的，主要是从上海来的教员，国文教员尤其突出。也许是因为学校规模大了，我对全校教员不像北园时代那样如数家珍，个个都认识。现在则是迷离模糊，说不清张三李四了。

因为我已经读了两年，一人学就是三年级。任课教员当然也不会少的，但是，奇怪的是英文、数学、历史、地理等课的教员的姓名我全忘了，能记住的都是国文教员。这些人大都是当时颇有名气的作家，什么胡也频先生、董秋芳(冬芬)先生、夏莱蒂先生、董每戡先生等。我对他们都很尊重，尽管有的先生没有教过我。

初入学时，国文教员是胡也频先生。他根本很少讲国文，几乎每一堂都在黑板上写上两句话：什么是“现代文艺”？“现代文艺”的使命是什么？现代文艺，当时叫普罗文学，现代称之为无产阶级文学。它的使命就是革命。胡先生以一个年轻革命家的身份，毫无顾忌，勇往直前。公然在学生区摆上桌子，招收现代文艺研究会的会员。我是一个积极分子，当了会员，还写过一篇《现代文艺的使命》的文章，准备在计划出版的刊物上发表，内容现在完全忘记了，无非是一些肤浅的革命口号。胡先生的过激行动，引起了国民党的注意，准备逮捕他，他逃到上海去了，两年后就在上海龙华就义。

学期中间，接过胡先生教鞭的是董秋芳先生，他同他的前任迥乎不同，他认真讲课，认真批改学生的作文。他出作文题目，非常奇特，他往往在黑板上写上四个大字：随便写来。意思就是让学生愿意写什么，就写什么。有一次，我写了一篇相当长的作文，是写我父亲死于故乡我回家奔丧的心情的。董老师显然很欣赏这一篇作文，在作文本每页上面空白处写了几个眉批："一处节奏，又一处节奏。"这真正是正中下怀，我写文章，好坏姑且不论，我是非常重视节奏的。我这个个人心中的爱好，不意董老师一语道破，夸大一点说，我简直要感激涕零了。他还在这篇作文的后面写了一段很长的批语，说我和理科学生王联榜是全班甚至全校之冠，我的虚荣心又一次得到了满足。我之所以能毕生在研究方向迥异的情况下始终不忘舞笔弄墨，到了今天还被人称作一个作家，这是与董老师的影响和鼓励分不开的。恩师大德，我终生难忘。

我不记得高中是怎样张榜的。反正我在这最后一学年的两次考试中，又考了两个甲等第一，加上北园的四个，共是六连冠。要说是不高兴，那不是真话，但也并没有飘飘然觉得自己有什么了不起。

到了 1930 年的夏天，我的中学时代就结束了。当年我是十九岁。

如果青年朋友们问我有什么经验和诀窍，我回答说：没有的。如果非要我说点什么不行的话，那我只能说两句老生常谈："书山有路勤为径，学海无涯苦作舟。""勤""苦"二字就是我的诀窍。说了等于白说，但白说也得说。

小学和中学，九岁（一般人是六岁）到十九岁，正是人生的初级阶段。还没有入世，对世情的冷暖没有什么了解。这些大孩子大都富于幻想，好像他们眼前的路上长的全是玫瑰花，色彩鲜艳，芬芳扑鼻，一点荆棘都没有。我也基本上属于这个范畴。但是，我的环境同绝大多数的孩子都不一样。我也并不缺乏幻想，缺乏希望，但是，在我面前的路上，只有淡淡的玫瑰花的影子，更多的似乎是荆棘。尽管我的高中三年是我生平最辉煌的时期之一，在考试方面，我是绝对的冠军，无人敢撄其锋者，但这并没有改变我那幼无大志的心态，我从来没有梦想成为什么学者，什么作家，什么大人物。家庭对我的期望是娶妻生子，能够传宗接代，做一个小职员，能够养家糊口，如此而已。到了晚年，竟还有写自己的小学和中学十年的必要，是我当时完全没有想到的。

不管怎样，我的小学和中学十年的经历写完了。要问写这些东西有什么好处的话，我的回答是有好处，有原来完全没有想到的好处。我仿佛又回到了七八十年前去，又重新生活了十年。喜当年之所喜，怒当年之所怒，哀当年之所哀，乐当年之所乐。如果不写这一段回忆，如果不向记忆里挖了再挖，这些情况都是不会出现的。苏东坡词：

谁道人生无再少？门前流水尚能西，休将白发唱黄鸡。

时间是一种无始无终，永远不停地前进的东西，过去了一秒，就永远过去了，虽有翻天覆地的手段也是拉不回来的。东坡的“再少”是指精神上的，我们不知道他是否有具体的经验。在我写这十年回忆的时候，我确实感觉到，自己是“再少”了十年。仅仅这一点，就值得自己大大地欣慰了。

选自《我的中学时代》等篇

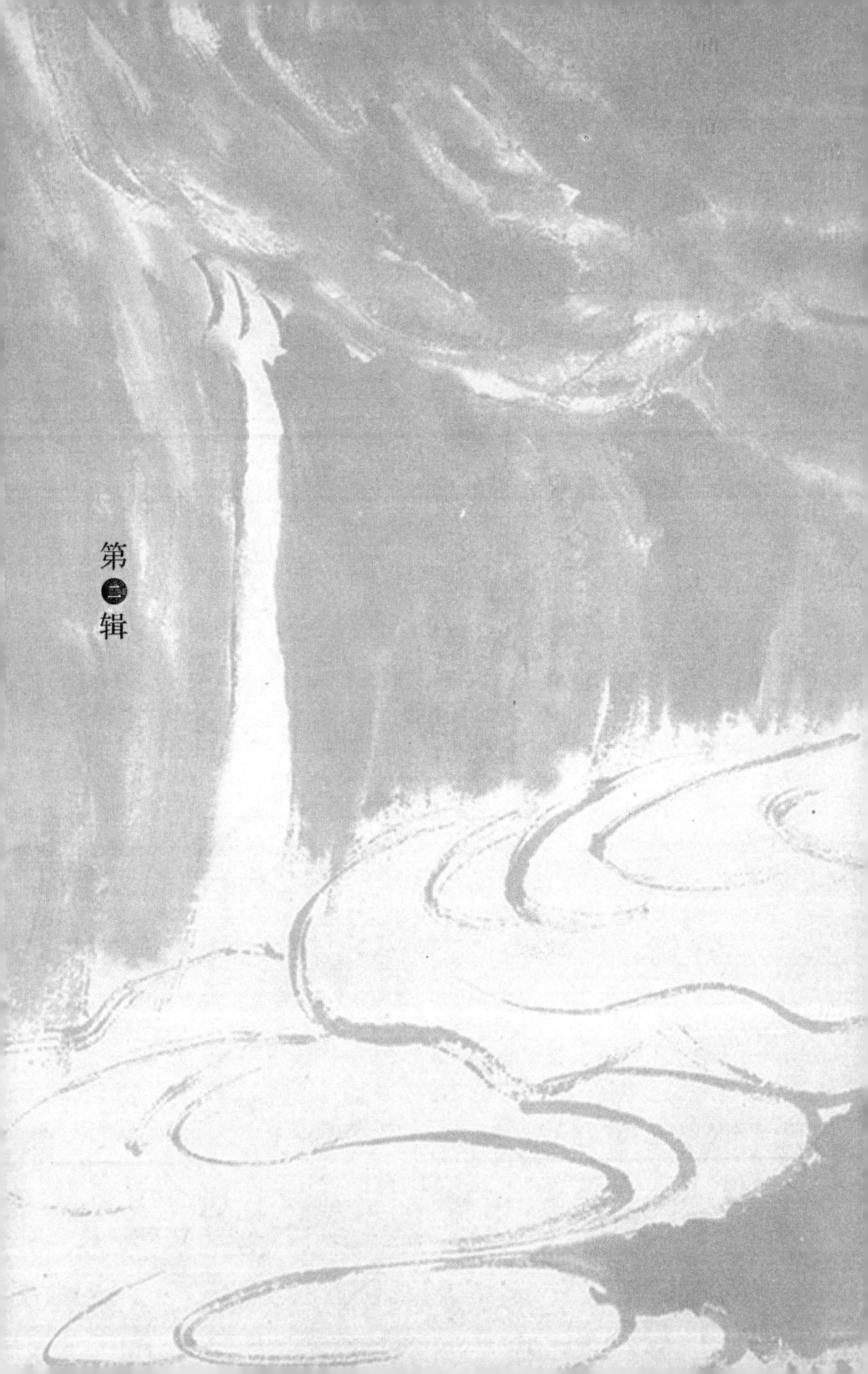

第三辑

踽踽独行：从清华到哥廷根

我的高考

1930 年，我高中毕业。当时山东只有一个高中，就是杆石桥山东省立高中，文理都有，毕业生大概有七八十个人。除少数外，大概都要进京赶考的。我之所谓“京”是一个形象的说法，就是指的北京，当时还叫“北平”。山东有一所大学：山东大学，但是名声不显赫，同北京的北大、清华无法并提。所以，绝大部分高中毕业生都进京赶考。

当时北平的大学很多。除了北大、清华以外，我能记得来的还有朝阳大学、中国大学、郁文大学、平民大学、辅仁大学、燕京大学等。还有一些只有校名，没有校址的大学，校名也记不清楚了。

有的同学大概觉得自己底气不足，报了五六个大学的名。报名费每校三元，有几千学生报名，对学校来说是一笔不小的收入。我本来是一个上不得台盘的人，新育小学毕业就没有勇气报考一中。但是，高中一年级时碰巧受到了王寿彭状元的奖励。于是虚荣心起了作用：既然上去，就不能下来！结果三年高中，六次考试，我考了六个第一名。心中不禁“狂”了起来。我到了北平，只报了两个学校：北大与清华。结果两校都录取了我。经过反复的思考，我弃北大而取清华。后来证明我这个判断是正确的。否则我就不会有留德十年。没有留德十年，我以后走的道路会是完全不同的。

那一年的入学考试，北大就在沙滩，清华因为离城太远，借了北大的三院做考场。清华的考试平平常常，没有什么特异之处。北大则极有特色，至今忆念难忘。首先是国文题就令人望而生畏，题目是“何谓科学方法？试分析评论之”。又要“分析”，又要“评论之”，这究竟是考学生什么呢？我哪里懂什么“科学方法”。幸而在高中读过一年逻辑，遂将逻辑的内容拼拼凑凑，写成了一篇答卷，洋洋洒洒，颇有一点神气。北大英文考试也有特点。每年必出一首旧诗词，令考生译成英文。那一年出的是“别来春半，触目愁肠断。砌下落梅如雪乱，拂了一身还满。”所有的科目都考完以后，又忽然临时加试一场英文 dictation。一个人在上面念，让考生整个记录下来。这玩意儿我们山东可没有搞。我因为英文单词记得多，整个故事我听得懂，大概是英文《伊索寓言》一类书籍抄来的吧。总起来，我都写了下来。仓皇中把 suffer 写成了 safer。

我们山东赶考的书生们经过了这几大灾难才仿佛井蛙从井中跃出，大开了眼界。了解到了山东中学教育水平是相当低的。

2003年9月28日

原标题《记北大1930年入学考试》

清华园孤影

1930—1932年的简略回顾

1930年夏天，我从山东省立济南高中毕业。当时这是山东全省唯一的一所高中，各县有志上进的初中毕业生，都必须到这里来上高中。俗话说“千军万马过独木桥”。济南省立高中就是这样一座独木桥。

一毕业，就算是走过了独木桥。但是，还要往前走的，特别是那些具备经济条件的学生，而这种人占的比例是非常大的。即使是家庭经济条件不够好的，父母也必千方百计拼凑摒挡，送孩子上学。旧社会说：“没有场外的举人。”上大学就等于考举人，父母怎能让孩子留在场外呢？我的家庭就属于这个范畴。旧社会还有一句话，叫“进京赶考”，即指的是考进士。当时举人进士都已不再存在了，但赶考还是要进京的。那时北京已改为北平，不再是“京”了。可是济南高中文理两科毕业生大约有一百多人，除了经济实在不行的外，有八九十个人都赶到北平报考大学。根本没有听说有人到南京、上海等地去的。留在山东报考大学的也很少听说。这是当时的时代潮流，是无法抗御的。

当时的北平有十几所大学，还有若干所专科学校。学校既多，难免良莠不齐。有的大学，我只微闻其名，却没有看到过，因为，它只有几间办公室，没有教授，也没有学生，有人只要缴足了四年的学费，就发给毕业证书。等而上之，大学又有三六九等。有的有校舍，有教授，有学生，但教授和学生水平都不高，马马虎虎，凑上四年，拿一张文凭，一走了事。在乡下人眼中，他们的地位就等于举人或进士了。列在大学榜首的当然是北大和清华。燕大也不错，但那是一所贵族学校，收费高，享受丰，一般老百姓学生是不敢轻叩其门的。

当时到北平来赶考的举子，不限于山东，几乎全国各省都有，连僻远的云南和贵州也不例外。总起来大概有六七千或者八九千人。那些大学都分头招生，有意把考试日期分开，不让举子们顾此失彼。有的大学，比如朝阳大学，一个暑假就招生四五次。这主要是出于经济考虑。报名费每人大洋三元，这在当时是个不菲的数目，等于一个人半个月的生活费。每年暑假，朝阳大学总是一马当先，先天下之招而招。第一次录取极严，只有极少数人能及格。以后在众多大学考试的空隙中再招考几次。最后则在所有的大学都考完后，后天下之招而招，几乎是一网打尽了。前者是为了报名费，后者则是为了学费了。

北大和清华当然是只考一次的。我敢说，全国到北平的学子没有不报考这两个大学的。即使自知庸陋，也无不想侥幸一试。这是“一登龙门，身价十倍”的事，谁愿意放过呢？但是，两校录取的人数究竟是有限的。在大约五六千或更多的报名的学子中，清华录取了约两百人，北大不及其半，百分比之低，真堪惊人，比现在要困难多了。我曾多次谈到过，我幼无大志，当年小学毕业后，对大名鼎鼎的一中我连报名的勇气都没有，只是凑合着进了“破正谊”。现在大概是高中三年的六连冠，我的勇气大起来了，我到了北平，只报考了北大和清华。偏偏两个学校都取了我。经过了一番考虑，为了想留洋镀金，我把宝押到了清华上。于是我进了清华园。

同北大不一样，清华报考时不必填写哪一个系。录取后任你选择。觉得不妥，还可以再选。我选的是西洋文学系。到了毕业时，我的毕业证书上却写的是外国语言文学系，不知道是什么时候改的。西洋文学系有一个详尽的四年课程表，从古典文学一直到现当代文学，应有尽有。我记得，课程有“古典文学”“中世纪文学”“文艺复兴时期文学”“英国浪漫诗人”“现当代长篇小说”“英国散文”“文学批评史”“世界通史”“欧洲文学史”“中西诗之比较”“西方哲学史”等，都是每个学生必修的。还有“莎士比亚”，也是每个学生都必修的。讲课基本上都用英文。“第一年英文”“第一年国文”“逻辑”，好像是所有的文科学生都必须选的。“文学概论”“文艺心理学”，好像是选修课，我都选修过。当时旁听之风甚盛，授课教师大多不以为忤，听之任之。选修课和旁听课带给我很大的好处，比如朱光潜先生的“文艺心理学”和陈寅恪先生的“佛经翻译文学”，就影响了我的一生。但也有碰钉子的时候。当时冰心女士蜚声文坛，名震神州。清华请她来教一门什么课。学生中追星族也大有人在，我也是其中之一。我们都到三院去旁听，屋子里面座无虚席，走廊上也站满了人。冰心女士当时不过三十二三岁，头上梳着一个信基督教的妇女王玛丽、张玛丽之流常梳的纂，盘在后脑勺上，满面冰霜，不露一丝笑意，一登上讲台，便发出狮子吼：“凡不选本课的学生，统统出去！”我们相视一笑，伸伸舌头，立即弃甲曳兵而逃。后来到了50年代，我同她熟了，笑问她此事，她笑着说：“早已忘记了。”我还旁听过朱自清、俞平伯等先生的课，只是浅尝辄止，没有听完一个学期过。

西洋文学系还有一个奇怪的规定。上面列的必修课是每一个学生都必须读的，但偏又别出心裁，把全系分为三个专业方向：英文、德文、法文。每一个学生必有一个专业方向，叫Specialized的什么什么。我选的是德文，就叫作Specialized in German，要求是从“第一年德文”经过第二年、第三年一直读到“第四年德文”。英法皆然。我说它奇怪，因为每一个学生英文都能达到四会或五会的水平，而德文和法文则是从字母学起，与英文水平相距悬殊。这一桩怪事，当时谁也不去追问，追问也没有用，只好你怎样规定我就怎样执行，如此而已。

清华还有一个怪现象，也许是一个好现象，为其他大学所无，这就是：每一个学生都必须选修“第一年体育”，不及格不能毕业。每一个体育项目，比如百米、二百米、一千米、跳高、跳远、游泳等，都有具体标准，达不到标准，就算不及格。幸而标准都不高，达到并不困难，所以还没有听说因体育不及格而不能毕业的。

我的老师们

我只谈西洋文学系的老师们。

我的原则仍然是只讲实话，不说谎言。我想遵守古希腊人的格言：“吾爱吾师，吾更爱真理。”我不想遵守中国古代一些人的“为尊者讳”的办法以自欺欺人。读者将在下面的日记中看到同样的情况。我的日记是写给自己看的。虽然时间相距将近七十年，但我对老师的看法完全没有改变。

同今天一样，当时北大与清华双峰并峙，领袖群伦。从院系的师资水平来看，两校各有短长。但是专就外文系来看，当年的清华似乎名声在北大之上。原因也极简单，清华的外国教授多。学外文而由外国人教，难道这不是一大优点吗?

但是，事实并不是这样。容我慢慢道来。

我先介绍中国教授。

王文显，系主任，不大会说中国话，只说英文，讲授“莎士比亚”一课，有写好的讲义，上课时照本宣科，我们就用笔记。除了几个用英文写的剧本外，没有什么学术著作。

吴宓，反对白话文，主编《学衡》。古貌古心，待人诚恳。在美国留学时，师事白璧德。讲授“英国浪漫诗人”“中西诗之比较”等课。擅长旧诗，出版有《吴宓诗集》。我认为，他是西洋文学系中最有学问的教授。

叶公超，英文非常好，中国旧体诗词好像也读过一些。主编《学文》，是属于新月派的一个文学杂志。讲授“大一英文”“英国散文”等课。没有写什么学术论文。

杨丙辰，北大德文系主任，清华兼职教授，讲授“德文”“浮士德”等课程，翻译过一些德国古典文学作品，没有什么学术论文，对待学生极好。

刘文典，中文系主任，著有《淮南鸿烈集解》，讲授“大一国文”，一个学期只讲江淹的《别赋》和《恨赋》两篇文章。

金岳霖，哲学系教授，讲授“逻辑”一课。

张申府，哲学系教授，讲授“西方哲学史”一课。

朱光潜，北大教授，讲授“文艺心理学”一课。

孔繁霱，历史系教授，讲授“世界通史”一课。

下面介绍外国教授。

温德（Winter），美国人，讲授“文艺复兴文学”一课和“第三年法文”。没有写任何学术论文，是新中国成立后还留在北大任教的唯一的清华西洋文学系教授。

翟孟生（Jameson），美国人，讲授“西洋文学史”一课。著有《欧洲文学史纲》一书，厚厚的一大本，既无新见解，错误又不少。

必莲（Bille），女，美国人，讲授“语言学”“第二年英文”等课。不见任何研究成果。

华兰德（Holland），女，德国人，讲授“第一年法文”。患有迫害狂，上课就骂学生。学生成绩好了，她便怒不可遏，因为抓不到辫子骂人。

艾克（Ecke），德国人，讲授“第二年德文”“第四年德文”。他在德国大学中学的大概是“艺术史”。研究中国明清家具，著有《中国宝塔》一书，他指导我写学士论文《The Early Poem of Hölderlin》。

石坦安（Von den Steinen），德国人，讲授“第三年德文”，没有著作。

吴可读（Pollard Urquert），英国人，讲授“中世纪文学”一课。也没有任何著作*。

葛其婉，女，教法文，大概是一个波兰人。

以上就是西洋文学系外籍教师的简略情况。他们有一些共同的特点：第一，不管是哪一国人，上课都讲英文；第二，他们都是男不娶，女不嫁；第三，除了翟孟生那一部书外，都没有任何著作，这在欧美大学中是无法想象的，在那里他们最高能得到助教，或者像德国的 Lektor（外语讲师）。中国则一律教授之，此理殊不可解。文学院其他各系并不是这样子的，那里确有术业有专攻的，甚至大师级的教授。可偏偏就是这个西洋文学系，由于外国教授多而驰誉学坛，天下学子趋之若鹜。

---

* 今考，吴可读（A.L.Pollard）著述有《Great European novels and novelists》，Peiping：Henri Vetch Publisher，1933。是书扉页有吴宓中文题签“英国吴可读著西洋小说发达史略　吴宓题”。今国家图书馆、清华大学图书馆皆有藏。

苦闷的一年

1934年夏季，我毕业于清华大学西洋文学系（后改名外国语文系）。当时社会上流行着一句话："毕业即失业"。可见毕业后找工作——当时叫抢一只饭碗——之难。对我来说，这个问题尤其严重。家庭经济已濒临破产，盼望我挣钱，如大旱之望云霓。而我却一无奥援，二不会拍马。我好像是孤身一人在荒原上苦斗，后顾无人，前路茫茫。心中郁闷，概可想见。这种心情，从前一年就有了。一句常用的话"未雨绸缪"或可形容这种心情于万一。

但是，这种"未雨绸缪"毫无结果。时间越接近毕业，我的心情越沉重，简直到了食不甘味的程度。如果真正应了"毕业即失业"那一句话，我恐怕连回山东的勇气都没有，我有何面目见山东父老！我上有老人，下有子女，一家五口，嗷嗷待哺。如果找不到工作，我自己吃饭都成问题，遑论他人！我真正陷入走投无路的绝境。

然而，正如常言所说的那样“天无绝人之路”，在这危机存亡的时刻，好机遇似乎是从天而降。北大历史系毕业生梁竹航先生，有一天忽然来到清华，告诉我，我的母校山东济南高中校长宋还吾先生托他来问我，是否愿意回母校任国文教员。这真是我做梦也想不到的喜讯，我大喜若狂。但立刻又省悟到，自己学的是西洋文学，教高中国文能行吗？当时确有一种颇为流行的看法和做法，认为只要是作家就能教国文。这个看法本身就是不科学的，能写的人不一定能教。何况我只不过是出于个人爱好，在高中时又受到了董秋芳先生的影响，在大报上和高级刊物上发表过一些篇散文，那些都是“只堪自怡悦”的东西，离一个真正的作家还有一段颇长的距离。像我这样的人怎么能到高中去担任国文教员呢？而且我还听说，我的前任是让学生“架”走的，足见这些学生极难对付，我贸然去了，一无信心，二无本钱，岂非自己去到太岁头上动土吗？想来想去，忐忑不安。虽然狂喜，未敢遽应。梁君大我几岁，稳健持重，有行政才能。看到了我的情况，让我再考虑一下。这个考虑实际上是一场思想斗争。最后下定决心，接受济南高中之聘，我心里想：“你敢请我，我就敢去！”实际上，除了这条路以外，我已无路可走。于是我就于 1934 年秋天，到了济南高中。

校 长

校长宋还吾先生是北大毕业生，为人豁达大度，好交朋友，因为姓宋，大家送上绰号曰“宋江”。既然有了宋江，必有阎婆惜，逢巧宋夫人就姓阎，于是大家就称她为“阎婆惜”。宋先生在山东，甚至全国教育界广有名声。因为他在孔子故乡曲阜当校长时演出了林语堂写的剧本《子见南山》，剧本对孔子颇有失敬之处，因此受到孔子族人的攻击。此事引起了鲁迅先生的注意与愤慨，在《鲁迅全集》中对此事有详细的叙述。请有兴趣者自行参阅。我一进学校就受到了宋校长的热烈欢迎。他特在济南著名的铁路宾馆设西餐宴为我接风，热情可感。

教 员

我离开高中四年了。四年的时间，应该说并不算太长。但是，在我的感觉上却仿佛是换了人间。虽然校舍依旧巍峨雄伟，树木花丛、一草一木依旧翁郁葳蕤，但在人事方面却看不到几张旧面孔了。校长换了人，一套行政领导班子统统换掉。在教员中，我当学生时期的老教员没有留下几个。当年的国文教员董秋芳、董每戡、夏莱蒂诸先生都已杳如黄鹤，不知所往。此时，我的心情十分复杂，在兴奋欣慰之中又杂有凄凉寂寞之感。

在国文教员方面，全校共有三个年级，每个年级四个班，共有十二个班，每一位国文教员教三个班，共有国文教员四名。除我以外应该还有三名。但是，我现在能回忆起来的却只有两名。一位是冉性伯先生，是山东人，是一位资深的国文教员。另一位是童经立先生，是江西人，什么时候到高中来的，我完全不知道。他们两位都不是作家，都是地地道道大学国文系的毕业生，教国文是内行里手。这同四年前完全不一样了。

英文教员我只能记起两位，都不是山东人。一位是张友松，一位是顾绶昌。前者后来到北京来，好像是在人民文学出版社当编审。后者则在广东中山大学做了教授。有一年，我到广州中大时，到他家去拜望过他，相见极欢，留下吃了一顿非常丰富的晚餐。从这两位先生身上可以看到，当时济南高中的英文教员的水平是相当高的。

至于其他课程的教员，我回忆不起来多少。和我同时进校的梁竹航先生是历史教员，他大概是宋校长的嫡系，关系异常密切。一位姓周的，名字忘记了，是物理教员，我们之间的关系颇好。1934年秋天，我曾同周和另外一位教员共同游览泰山，一口气登上了南天门，在一个鸡毛小店里住了一夜，第二天凌晨登上玉皇顶，可惜没能看到日出。我离开高中以后，不知道周的情况如何，从此杳如黄鹤了。

同我往来最密切的是张叙青先生，他是训育主任，主管学生的思想工作，讲党义一课。他大概是何思源（山东教育厅长）、宋还吾的嫡系部队的成员。我1946年在去国十一年之后回到北平的时候，何思源是北平市长，张叙青是秘书长。在高中时，他虽然主管国民党的工作，但是脸上没有党气，为人极为洒脱随和，因此，同教员和学生关系都很好。他常到我屋里来闲聊。我们同另外几个教员经常出去下馆子。济南一些只有本地人才知道的小馆子，由于我是本地人，我们都去过。那时高中教员工资相当高，我的工资是每月一百六十元，是大学助教的一倍。每人请客一次不过二三元，谁也不在乎。我虽然同张叙青先生等志趣不同，背景不同，但是，作为朋友，我们是能谈得来的。有一次，我们几个人骑自行车到济南南面众山丛中去游玩，骑了四五十里路，一路爬高，极为吃力，经过八里洼、土屋，最终到了终军镇（在济南人口中读若仲宫）。终军是汉代人，这是他降生的地方，可见此镇之古老。镇上中学里的一位教员热情地接待了我们，设盛宴表示欢迎之意。晚饭之后，早已过了黄昏时分。我们走出校门，走到唯一的一条横贯全镇的由南向北的大路上，想领略一下古镇傍晚的韵味。此时，全镇一片黢黑，不见一个人影，没有一丝光亮。黑暗仿佛凝结成了固体，伸手可摸。仰望天空，没有月亮，群星似更光明。身旁大树的枝影撑入天空，巍然，森然。万籁俱寂，耳中只能听到远处泉声潺湲。我想套用一句唐诗："泉响山愈静。"在这样的情况下，我真仿佛远离尘境，遗世而独立了。我们在学校的一座小楼上住了一夜。这是我一生最难忘的一夜。第二天早晨，我们又骑上自行车向南行去，走了二三十里路，到了柳堡，已经是泰山背后了。抬头仰望，泰山就在眼前。“岱宗夫如何？齐鲁青未了。”泰山的青仿佛就扑在我们背上。我们都不敢再前进了。拨转车头，向北骑去，骑了将近百里，回到了学校。这次出游，终生难忘。过了不久，我们又联袂游览了济南与泰山之间的灵岩古寺，也是我多年向往而未能到过的地方。从上面的叙述可以看到，我同高中的教员之间的关系是十分融洽的。

上　课

我在上面已经提到过，高中共有三个年级，十二个班。包括我在内，有国文教员四人，每人教三个班。原有的三个教员每人包一个年级的三个班，换句话说，就是每一个年级剩下一个班，三个年级共三个班，划归我的名下。有点教书经验的人都知道，这给我造成了颇大的困难，他们三位每位都只有一个头，而我则须起三个头。这算不算“欺生”的一种表现呢？我不敢说，但这个感觉我是有的。可也只能哑子吃黄连了。

好在我选教材有我自己的标准。我在清华时，已经读了不少中国古典文学作品。我最欣赏我称之为唯美派的诗歌，以唐代李义山为代表，西方则以英国的Swinlum、法国的象征派为代表。此外，我还非常喜欢明末的小品文。我选教材，除了普遍地各方面都要照顾到以外，重点就是选这些文章。我相信，在这一点上，我同其他几位国文教员是不会相同的。

我没有教国文的经验，但是学国文的经验却是颇为丰富的。正谊中学杜老师选了些什么教材，我已经完全记不清了。北园高中王崑玉老师教材皆选自《古文观止》。济南高中胡也频老师没有教材，堂上只讲普罗文学。董秋芳老师以《苦闷的象征》为教材。清华大学刘文典老师一学年只讲了江淹的《恨赋》和《别赋》以及陶渊明的《闲情赋》。课堂上常常骂蒋介石。我这些学国文的经验对我有点借鉴的作用，但是用处不大。按道理，教育当局和学校当局都应该为国文这一门课提出具体的要求，但是都没有。教员成了"独裁者"，愿意怎么教就怎么教，天马行空，一无阻碍。我当然也想不到这些问题。我根据自己的兴趣，选了一些中国古典诗文。我的任务就是解释文中的典故和难解的词句。我虽读过不少古典诗文，但腹笥并不充盈。我备课时主要靠《辞源》和其他几部类书。有些典故自己是理解的，但是颇为"数典忘祖"，说不出来源。于是《辞源》和几部类书就成了我不可须臾离开的宝贝。我查《辞源》速度之快达到了出神入化的境界。为了应付学生毕业后考大学的需要，我还自作主张，在课堂上讲了一点西方文学的概况。

我在清华大学最后两年写了十几篇散文，都是惨淡经营的结果，都发表在全国一流的报纸和文学杂志上，因此，即使是名不见经传，也被认为是一个“作家”。到了济南，就有报纸的主编来找我，约我编一个文学副刊。我愉快地答应了，就在当时一个最著名的报纸上办了一个文学副刊，取名《留夷》，这是楚辞上一个香花的名字，意在表明，我们的副刊将会香气四溢。作者主要是我的学生。文章刊出后有稿酬，每千字一元。当时的一元可以买到很多东西，穷学生拿到后，不无小补。我的文章也发表在上面，有一篇《游灵岩》，是精心之作，可惜今天遍寻不得了。

我同学生的关系

总起来说，我同学生的关系是相当融洽的。我那年是二十三岁，也还是一个大孩子，同学生的年龄相差不了几岁。有的从农村来的学生比我年龄还大。所以我在潜意识中觉得同学生们是同伴，不懂怎样去摆教员的谱儿。我常同他们闲聊，上天下地，无所不侃。也常同他们打乒乓球。有一位年龄不大而聪明可爱的叫吴传文的学生经常来找我去打乒乓球。有时候我正忙着备课或写文章，只要他一来，我必然立即放下手中的活，陪他一同到游艺室去打球，一打就是半天。

我在上面已经提到过，我的前任一位姓王的国文教员是被学生“架”走的。我知道这几班的学生是极难对付的，因此，我一上任，就有戒心，战战兢兢，如履薄冰，避免蹈我的前任的覆辙。但我清醒地意识到，处理好同学生的关系，首先必须把书教好，这是重中之重。有一次，我把一个典故解释错了，第二天上课堂，我立即加以改正。这也许能给学生留下一点印象：季教师不是一个骗子。我对学生决不阿谀奉承，讲解课文，批改作业，我总是实事求是，决不讲溢美之词。

我同校长的关系

宋还吾校长是我的师辈，他聘我到高中来，又可以说是有恩于我，所以我对他非常尊敬。他为人宽宏豁达，颇有豪气，真有与宋江相似之处，接近他并不难。他是山东教育厅长何思源的亲信，曾在山东许多地方，比如青岛、曲阜、济南等地做过中学校长。他当然有一个自己的班底，走到哪里，带到哪里。其中除庶务人员外，也有几个教员。我大概也被看作是宋家军的，但只是一个初出茅庐的杂牌。到了学校以后，我隐隐约约地听人说，宋校长的想法是想让我出面组织一个济南高中校友会，以壮大宋家军的军威。但是，可惜的是，我是一个上不得台盘的人，不善活动，高中校友会终于没有组织成。实在辜负了宋校长的期望。

听说，宋夫人“阎婆惜”酷爱打麻将，大概是每一个星期日都必须打的。当时济南中学教员打麻将之风颇烈。原因大概是，当过几年中学教员之后，业务比较纯熟了，瞻望前途，不过是一辈子中学教员。常言道：“水往低处流，人往高处走。”他们的“高处”在什么地方呢？渺茫到几乎没有。“不为无益之事，何以遣有涯之生！”于是打麻将之风尚矣。据说，有一位中学教员打了一夜麻将，第二天上午有课。他懵懵懂懂地走上讲台。学生问了一个问题：“X是什么？”他脱口而出回答说：“二饼。”他的灵魂还没有离开牌桌哩。在高中，特别是在发工资的那一个星期，必须进行“原包大战”，“包”者，工资包也。意思就是，带着原工资包，里面至少有一百六十元，走上牌桌。这个钱数在当时是颇高的，每个人的生活费每月也不过五六元。鏖战必定通宵，这不成问题，幸而还没有出现“二饼”的笑话。我们国文教员中有一位我的师辈的老教员，也是牌桌上的嫡系部队。我不是不会打麻将，但是让我去参加这一支麻将大军，陪校长夫人戏耍，我却是做不到的。

根据上述种种情况，宋校长对我的评价是：“羡林很安静。”“安静”二字实在是绝妙好词，含义很深远。这一点请读者去琢磨吧。

我的苦闷

我在清华毕业后，不但没有毕业即失业，而且抢到了一只比大学助教的饭碗还要大一倍的饭碗。我应该满意了。在家庭里，我现在成了经济方面的顶梁柱，看不见婶母脸上多少年来那种难以形容的脸色。按理说，我应该十分满意了。

然而，事实却不是这样。我有我的苦闷。

首先，我认为，一个人不管闯荡江湖有多少危险和困难，只要他有一个类似避风港样的安身立命之地，他就不会失掉前进的勇气，他就会得到安慰。按一般的情况来说，家庭应该起这个作用。然而我的家庭却不行。虽然同在一个城内，我却搬到学校里来住，只在星期日回家一次。我并不觉得，家庭是我的安身立命之地。

其次是前途问题。我虽然抢到了一只十分优越的饭碗，但是，我能当一辈子国文教员吗？当时，我只有二十三岁，并没有什么远大的理想，也没有梦想当什么学者。可是看到我的国文老师那样，一辈子庸庸碌碌，有的除了陪校长夫人打麻将之外，一事无成，我确实不甘心过那样的生活。那么，我究竟想干什么呢？说渺茫，确实很渺茫；但是，说具体，其实也很具体。我希望出国留学。

留学的梦想，我早就有的。当年我舍北大而取清华，动机也就在入清华留学的梦容易圆一些。现在回想起来，我之所以痴心妄想想留学，与其说是为了自己，还不如说是为了别人。原因是，我看到那些主要是到美国留学的人，拿了博士学位，或者连博士学位也没有拿到的，回国以后，立即当上了教授，月薪三四百元大洋，手挎美妇，在清华园内昂首阔步，旁若无人，实在会让人羡煞。至于学问怎样呢？据过去的老学生说，也并不怎么样。我觉得不平，想写文章刺他们一下。但是，如果自己不是留学生，别人会认为你说葡萄是酸的，贻笑大方。所以我就梦寐以求想去留学。然而留学岂易言哉！我的处境是，留学之路渺茫，而现实之境难忍，我焉得而不苦闷呢？

我亲眼看到的一幕滑稽剧

在苦闷中，我亲眼看到了一幕滑稽剧。

当时的做法是，中学教员一年发一次聘书（后来我到了北大，也是一年一聘）。到了暑假，如果你还没有接到聘书，那就表示，下学期不再聘你了，自己卷铺盖走路。那时候的人大概都很识相，从来没有听说，有什么人赖着不走，或者到处告状的。被解聘而又不撕破脸皮，实在是个好办法。

有一位同事，名叫刘一山，河南人，教物理。家不在济南，住在校内，与我是邻居，平时常相过从。人很憨厚，不善钻营。

大概同宋校长没有什么关系。1935年秋季开始，校长已决定把他解聘。因此，当年春天，我们都已经接到聘书，独刘一山没有。他向我探询过几次，我告诉他，我已经接到了。他是个老行家，听了静默不语，但他知道，自己被解聘了。他精于此道，于是主动向宋校长提出辞职。宋校长是一个高明的演员。听了刘的话以后，大为惊诧，立即“诚恳”挽留，又亲率教务主任和训育主任，三驾马车到刘住的房间里去挽留，义形于色，正气凛然。我是个新手，如果我不了解内幕，我必信以为真。但刘一山深知其中奥妙，当然不为所动。我真担心，如果刘当时竟答应留下，我们的宋校长下一步棋会怎么下呢？

我从这一幕闹剧中学到了很多处世做人的道理。

天赐良机

正当我心急似火而又一筹莫展的时候，真像是天赐良机，我的母校清华大学同德国学术交换处（DAAD）签订了一个合同：双方交换研究生，路费、制装费自己出，食宿费相互付给。中国每月三十块大洋，德国一百二十马克。条件并不理想，一百二十马克只能勉强支付食宿费用。相比之下，官费一个月八百马克，有天渊之别了。

然而，对我来说，这却像是一根救命的稻草，非抓住不行了。我在清华名义上主修德文，成绩四年全优（这其实是名不副实的），我一报名，立即通过。但是，我的困难也是明摆着的：家庭经济濒于破产，而且亲老子幼。我一走，全家生活靠什么来维持呢？我面对的都是切切实实的现实困难，在狂喜之余，不由得又心忧如焚了。

我走到了一个歧路口上：一条路是桃花，一条路是雪。开满了桃花的路上，云蒸霞蔚，前程似锦，不由得你不想往前走。堆满了雪的路上，则是暗淡无光，摆在我眼前是终生青衾，老死学宫，天天为饭碗而搏斗，时时引"安静"为鉴戒。究竟何去何从？我逢到了生平第一次重大抉择。

意料之外，我得到了我叔父和全家的支持。他们对我说："我们咬咬牙，过上两年紧日子，只要饿不死，就能迎来胜利的曙光，为祖宗门楣增辉。"这种思想根源，我是清清楚楚的。当时封建科举的思想，仍然在社会上流行。人们把小学毕业看作秀才，高中毕业看作举人，大学毕业看作进士，而留洋镀金则是翰林一流。在人们眼中，我已经中了进士。古人说：没有场外的举人。现在则是场外的进士。我眼看就要入场，焉能悬崖勒马呢？

认为我很"安静"的那一位宋还吾校长，也对我完全刮目相看，表现出异常的殷勤，亲自带我去找教育厅长，希望能得到点资助。但是，我不成才，我的"安静"又害了我，结果空手而归，再一次让校长失望。但是，他热情不减，又是勉励，又是设宴欢送，相期学成归国之日再共同工作，令我十分感动。

我高中的同事们，有的原来就是我的老师，有的是我的同辈，但年龄都比我大很多。他们对我也是刮目相看。年轻一点的教员，无不患上了留学热，也都是望穿秋水，欲进无门，谁也没有办法。现在我忽然捞到了镀金的机会，洋翰林指日可得，宛如蛰龙升天，他年回国，决不会再待在济南高中了。他们羡慕的心情溢于言表。我忽然感觉到，我简直成了《儒林外史》中的范进，虽然还缺一个老泰山胡屠户和一个张乡绅，然而在众人心目中，我忽然成了特殊人物，觉得非常可笑。我虽然还没有春风得意之感，但是内心深处是颇为尚兴的。

但是，我的困难是显而易见的。除了前面说到的家庭经济困难之外，还有制装费和旅费。因为知道，到了德国以后，不可能有余钱买衣服，在国内制装必须周到齐全。这都需要很多钱。在过去一年内，我从工资中节余了一点钱，数量不大；向朋友借了点钱，七拼八凑，勉强做了几身衣服，装了两大皮箱。长途万里的旅行准备算是完成了。此时，我心里不知道是什么滋味，酸、甜、苦、辣，搅和在一起，但是绝没有像调和鸡尾酒那样美妙。

我充满了渴望，而又忐忑不安，有时候想得很美，有时候又忧心忡忡，在各种思想矛盾中，迎接我生平第一次大抉择、大冒险。

一个人的留德岁月

初抵柏林

柏林是我这一次万里长途旅行的目的地，是我的留学热的最后归宿，是我旧生命的结束，是我新生命的开始。在我眼中，柏林是一个无比美妙的地方。经过长途劳顿，跋山涉水，我终于来到了。我心里的感觉是异常复杂的，既有兴奋，又有好奇；既有兴会淋漓，又有忐忑不安。从当时不算太发达的中国，一下子来到这里，置身于高耸的楼房之中，漫步于宽敞的长街之上，自己宛如大海中的一滴水。

清华老同学赵九章等，到车站去迎接我们，为我们办理了一切应办的手续，使我们避免了许多麻烦，在离家乡万里之外，感到故园的温暖。然而也有不太愉快的地方。敦福堂，在柏林车站上，表演了他最后的一次特技：丢东西。这次丢的东西更是至关重要，丢的是护照。虽然我们同行者都已十分清楚，丢的东西终究会找回来的，但是我们也一时有点担起心来。敦公本人则是双目发直，满脸流汗，翻兜倒衣，搜索枯肠，在车站上的大混乱中，更增添了混乱。等我们办完手续，走出车站，敦公汗已流完，伸手就从裤兜中把那个在国外至关重要的护照掏了出来。他自己莞尔一笑，我们则是啼笑皆非。

老同学把我们先带到康德大街彼得公寓，把行李安顿好，又带我们到中国饭店去吃饭。当时柏林的中国饭馆不是很多，据说只有三家。饭菜还可以，只是价钱太贵。除了大饭店以外，还有一家可以包饭的小馆子。男主人是中国北方人，女主人则是意大利人。两个人的德国话都非常蹩脚。只是服务极为热情周到，能蒸又白又大的中国馒头，菜也炒得很好，价钱又不太贵。所以中国留学生都趋之若鹜，生意非常好。我们初到的几个人却饶有兴趣地探讨另一个问题：店主夫妇二人怎样交流思想呢？都不懂彼此的语言。难道他们都是国民党政府驻意大利大使的信徒，只使用“这个”一个词儿，就能涵盖宇宙、包罗天地吗？

这样的事确实与我们无关，不去管它也罢。我们的当务之急是找到一间房子。德国人是非常务实而又简朴的人民。他们不管是干什么的，一般说来，房子都十分宽敞，有卧室、起居室、客厅、厨房、厕所，有的还有一间客房。在这些房间之外，如果还有余房，则往往出租给外地的或外国的大学生，连待遇优厚的大学教授也不例外。出租的方式非常奇特，不是出租空房间，而是出租房间里的一切东西，桌椅沙发不在话下，连床上的被褥也包括在里面，租赁者不需要带任何行李，面巾、浴巾等，都不需要。房间里的所有的服务工作，铺床叠被，给地板扫除打蜡，都由女主人包办。房客的皮鞋，睡觉前脱下来，放在房门外面，第二天一起床，女主人已经把鞋擦得闪光锃亮了。这些工作，教授夫人都要亲自下手，她们丝毫也没有什么下贱的感觉。德国人之爱清洁，闻名天下。女主人每天一个上午都在忙忙叨叨，擦这擦那，自己屋子里面不必说了，连外面的楼道，都天天打蜡，楼外的人行道，不但打扫，而且打上肥皂来洗刷。室内室外，楼内楼外，任何地方，都是洁无纤尘。

清华老同学汪殿华和他的德国夫人，在夏洛滕堡区的魏玛大街，为我们找到了一间房子，房东名叫罗斯瑙（Rosermu），看长相是一个犹太人。一提到找房子，人们往往会想到老舍早期的几部长篇小说中讲到中国人在英国伦敦找房子的情况。那是非常困难的。如果出租招贴上没有明说可以租给中国人，你就别去问，否则一定会碰钉子。在德国则没有这种情况。在柏林，你可以租到任何房子。只有少数过去中国学生住过的房子是例外。在这里你会受到白眼，遭到闭门羹。个中原因，一想便知，用不着我来啰唆了。

说到犹太人，我必须讲一讲当时犹太人在德国的处境，顺便讲一讲法西斯统治的情况。法西斯头子希特勒于 1933 年上台。我是 1935 年到德国的，我一直看到他恶贯满盈，自杀身亡，几乎与他的政权相始终。对德国法西斯政权，我是目击者，是有点发言权的。我初到的时候，柏林的纳粹味还不算太浓，当然已经有了一点。希特勒的相片到处悬挂，田字旗也随处可见。人们见面时，不像以前那样说一声“早安”“日安”“晚安”等，分手时也不说“再见”，而是右手一举，喊一声“希特勒万岁”便能表示一切。我们中国学生，不管在什么地方，到饭馆去吃饭，进商店去买东西，总是一仍旧贯，说我们的“早安”等，出门时说“再见”。有的德国人，看我们是外国人，也用旧方式向我们表示敬意。但是，大多数人仍然喊他们的“万岁”。我们各行其是，互不干扰，并没有遇到什么不如意的事情。根据“法西斯圣经”——希特勒《我的奋斗》，犹太人和中国人都被列为劣等民族，是人类文化的破坏者，而金黄头发的“北方人”，则被法西斯认为是优秀民族，是人类文化的创造者。可惜的是，据个别人偷偷地告诉我，希特勒自己那一副尊容，他那满头的黑红相间的头发，一点也不“北方”，成为极大的讽刺。不管怎样，中国人在法西斯眼中，反正是劣等民族，同犹太人成为难兄难弟。

在这里，需要讲一点欧洲历史。欧洲许多国家仇视犹太人，由来久矣。有莎士比亚的名剧《威尼斯商人》可以为证。在中世纪，欧洲一些国家就发生过大规模屠杀犹太人的惨剧。在这方面，希特勒只是继承过去的衣钵，他并没有什么发明创造。如果有的话，那就是，他对犹太人进行了“科学的”定性分析。在他那一架政治化学天平上，他能够确定犹太人的“犹太性”，计有百分之百的犹太人，也就是，祖父母和父母双方都是犹太人；二分之一犹太人，就是父母双方一方为犹太人；四分之一犹太人，就是祖父母或外祖父母一方为犹太人，其余都是德国人；八分之一，等等，依此类推。这就是纳粹“民族政策”的理论根据。百分之百的犹太人必须迫害，决不手软；二分之一的稍逊；至于四分之一的则是处在政策的临界线上，可以暂时不动；八分之一以下则可以纳入人民内部，不以敌我矛盾论处了。我初到柏林的时候，此项政策大概刚进行了第一阶段，迫害还只限于全犹太人和一部分二分之一者，后来就愈演愈烈了。我的房东可能属于二分之一者，所以能暂时平安。希特勒们这一架特制的天平，能准确到什么程度，我是门外人，不敢多说。但是，德国人素以科学技术蜚声天下，天平想必是可靠的了。

至于德国普通老百姓怎样看待这迫害犹太人的事件，我初来乍到，不敢乱说。德国人总的来说是很可爱的，很淳朴老实的，他们毫无油滑之气，有时候看起来甚至有些笨手笨脚，呆头呆脑。比如说，你到商店里去买东西，店员有时候要找钱。你买了七十五分尼的东西，付了一马克。若在中国，店员过去用算盘，今天用计算器，或者干脆口中念念有词：三五一十五，三六一十八。一口气说出了应该找的钱数：二十五分尼。德国店员什么也不用，他先说七十五分尼，把五分尼摆在桌子上，说一声：八十分尼；然后再摆一个十分尼，说一声：九十分尼；最后再摆一个十分尼，说一声：一马克。于是完了，皆大欢喜。

我还遇到过一件小事，更能说明德国人的老实忠厚。根据我的日记，这件事情发生在9月17日。我的表坏了，走到大街上一个钟表店去修理，约定第二天去拿。可是我初到柏林，在高楼大厦的莽丛中，在车水马龙的喧闹中，我仿佛变成了初进大观园的刘姥姥，晕头转向，分不出东西南北。第二天，我出去取表的时候，影影绰绰，隐隐约约，记得是这个表店，迈步走了进去。那个店员老头，胖胖的身子，戴一副老花镜，同昨天见的那一个一模一样。我拿出了发票，递给他，他就到玻璃橱里去找我的表，没有。老头有点急了，额头上冒出了汗珠，从眼镜上面射出了目光，看着我，说：“你明天再来一趟吧！”我回到家，心里直念叨这一件事。第二天又去了，表当然找不到。老头更急了，额头上冒出了更多的汗珠，手都有点发抖了。在玻璃橱里翻腾了半天，忽然灵光一闪，好像上帝佑护，他仔细看了看发票，说："这不是我的发票！"我于是也恍然大悟，是我找错了门。这一件小事我曾写过一篇散文：《表的喜剧》，收在我的散文集里。

这样的洋相，我还出过不少次。我只说一次。德国人每天只吃一顿热餐，这就是中午。晚饭则只吃面包和香肠、干奶酪等，佐之以热茶。有一天，我到肉食店里去买了点香肠，准备回家去吃晚饭。晚上，我兴致勃勃地泡了一壶红茶，准备美美地吃上一顿。但是，一咬香肠，觉得不是味，原来里面的火腿肉全是生的。我大为气愤，愤愤不平："德国人竟这样戏弄外国人，简直太不像话了，真是岂有此理！"连在梦中，也觉得难咽下这一口气去。第二天一大早，我就到那个肉食店里去，摆出架势，要大兴问罪之师。一位女店员，听了我的申诉，看了看我手中拿的香肠，起初有点大惑不解，继而大笑起来。她告诉我说："在德国，火腿都是生吃的，有时连肉也生吃，而且只有最好最新鲜的肉，才能生吃。"我还有什么话好说呢？自己是一个地道的阿木林。

我到德国来，不是专门来吃香肠的，我是来念书的。要想念好书，必须先学好德语。我在清华学德语，虽然四年得了八个优，其实是张不开嘴的。来到柏林，必须补习德语口语，不再成为哑巴。远东协会的林德（Linde）和罗哈尔（Rochall）博士热心协助，带我到柏林大学的外国学院去，见到校长，他让我念了几句德文，认为满意，就让我参加柏林大学外国留学生德语班的最高班。从此我就成了柏林大学的学生，天天去上课。教授名叫赫姆（Höhm），我从来没有遇到这样好的外语教员。他发音之清晰，讲解之透彻，简直达到了神妙的程度。在9月20日的日记里，我写道："教授名叫Höhm，真讲得太好了，好到不能说。我是第一次听德文讲书，然而没有一句不能懂，并不是我的听的能力大，只是他说得太清楚了。"可见我当时的感受。我上课时，总和乔冠华在一起。我们每天乘城内火车到大学去上课，乐此不疲。

说到乔冠华，我要讲一讲我同他的关系，以及同其他中国留学生中我的熟人的关系，也谈一谈一般中国学生的情况。我同乔是清华同学，他是哲学系，比我高两级。在校时，他经常腋下夹一册又厚又大的德文版《黑格尔全集》，昂首阔步，旁若无人，徜徉于清华园中。因为不是一个行道，我们虽认识，但并不熟。同被录取为交换研究生，才熟了起来。到了柏林以后，更是天天在一起，几乎形影不离。我们共同上课、吃饭、访友、游玩婉湖（Wansee）和动物园。我们都是书呆子，念念不忘逛旧书铺，颇买了几本好书。他颇有些才气，有一些古典文学的修养。我们很谈得来。有时候闲谈到深夜，有几次就睡在他那里。我们同敦福堂已经几乎断绝了往来，我们同他总有点格格不入。我们同一般的中国留学生也不往来，同这些人更是格格不入，毫无共同的语言。

当时在柏林的中国留学生，人数是相当多的。原因并不复杂。我前面谈到“镀金”问题，到德国来镀的金是24K金，在中国社会上声誉卓著，是抢手货。所以有条件的中国青年趋之若鹜。这样的机会，大官儿们和大财主们，是决不会放过的，他们纷纷把子女派来，反正老子有的是民脂民膏，不愁供不起纨绔子弟们挥霍浪费。蒋介石、宋子文、孔祥熙、冯玉祥、戴传贤、居正，以及许许多多国民党的大官，无不有子女或亲属在德国，而且几乎都聚集在柏林。因为这里有吃，有喝，有玩，有乐，既不用上学听课，也用不着说德国话。有一部分留德学生，只需要四句简单的德语，就能够供几年之用。早晨起来，见到房东，说一声“早安”就甩手离家，到一个中国饭馆里，洗脸，吃早点，然后打上几圈麻将，就到了吃午饭的时候。午饭后，相约出游。晚饭时回到饭馆。深夜回家，见到房东，说一声“晚安”，一天就过去了。再学上一句“谢谢”，加上一句“再见”，语言之功毕矣。我不能说这种人很多，但确实是有，这是事实，无法否认。

我同乔冠华曾到中国饭馆去吃过几次饭。一进门，高声说话的声音，吸溜呼噜喝汤的声音，吃饭呱唧嘴的声音，碗筷碰盘子的声音，汇成了一个大合奏，其势如暴风骤雨，迎面扑来。我仿佛又回到了中国。欧洲人吃饭，都是异常安静的，有时甚至正襟危坐，喝汤绝不许出声，吃饭呱唧嘴更是大忌。我不说，这就是天经地义，但是总能给人以文明的印象，未可厚非。我们的留学生把祖国的这一份国粹，带到了万里之外，无论如何，也让人觉得不舒服。再看一看一些国民党的“衙内”们那种狂傲自大、唯我独尊的神态。听一听他们谈话的内容：吃、喝、玩、乐，甚至玩女人，嫖娼妓，等等。像我这样的乡下人实在有点受不了。他们眼眶里根本没有像我同乔冠华这样的穷学生。然而我们眼眶里又何尝有这一批卑鄙龌龊的纨绔子弟呢？我们从此再没有进这里中国饭馆的门。

但是，这些“留学生”的故事，却接二连三地向我们耳朵里涌，什么稀奇古怪的事情都有。很多留学生同德国人发生了纠葛，有的要法律解决。既然打官司，就需要律师。德国律师很容易找，但花费太大。于是有识之士应运而生。有一位老留学生，在柏林待得颇有年头了，对柏林的大街小巷、五行八作，都了如指掌，因此绰号叫“柏林土地”，真名反隐而不扬。此公急公好义，据说学的是法律，他公开扬言，要用自己的专业知识，替中国留学生打官司，分文不取，连车马费都自己掏腰包。我好像是没有见到这一位英雄。对他我心里颇有矛盾，一方面钦佩他的义举，一方面又觉得十分奇怪。这个人难道说头脑是正常的吗？

柏林的中国留学生界，情况就是这个样子。10月17日的日记里，我写道："在没有出国以前，我虽然也知道留学生的泄气，然而终究对他们存着敬畏的观念，觉得他们终究有神圣的地方，尤其是德国留学生。然而现在自己也成了留学生了。在柏林看到不知道有多少中国学生，每人手里提着照相机，一脸满不在乎的神气。谈话，不是怎样去跳舞，就是国内某某人做了科长了，某某做了司长了。不客气地说，我简直还没有看到一个像样的'人'。到今天我才真知道了留学生的真面目！"这都是原话，我一个字也没有改。从中可见我当时的真实感情。我曾动念头，写一本《新留西外史》。如果这一本书真能写成的话，我相信，它一定会是一部杰作，洛阳纸贵，不卜可知。可惜我在柏林待的时间太短，只有一个多月，致使这一部杰作没能写出来，真要为中国文坛惋惜。

我到德国来念书，柏林只是一个临时站，我还要到别的地方去的。但是，到哪里去呢？德国学术交换处的魏娜（Wiehner），最初打算把我派到东普鲁士的哥尼斯堡（Kiinigsberg）大学去。德国最伟大的古典哲学家康德就在这里担任教授。这当然是一个十分令人神往的地方。但是这地方离柏林较远，比较偏僻，我人地生疏，表示不愿意去。最后，几经磋商，改派我到哥廷根（Gottingen）大学去，我同意了。我因此就想到，人的一生实在非常复杂，因果交互影响。我的老师吴宓先生有两句诗："世事纷纪果造因，错疑微似便成真。”这的确是很有见地的话，是参透了人生真谛才能道出的。如果我当年到了哥尼斯堡，那么我的人生道路就会同今天的截然不同。我不但认识不了西克（Sieg）教授和瓦尔德施密特（Waldschmidt）教授，就连梵文和巴利文也不会去学。这样一个季羡林今天会是什么样子呢？那只有天晓得了。

决定到哥廷根去，这算是大局已定，我心头的一块石头落了地。我到处打听哥廷根的情况，幸遇老学长乐森埒先生。他正在哥廷根大学读书，现在来柏林办事。他对我详细谈了哥廷根大学的情况。我心中的疑团尽释，大有耳聪目明之感。又在柏林待了一段时间，最后在大学开学前终于离开了柏林。我万万没有想到，此番一去就是七年，没有再回来过。我不喜欢柏林，也不喜欢这里那些成群结队的中国留学生。

哥廷根

我于 1935 年 10 月 31 日，从柏林到了哥廷根。原来只打算住两年，焉知一住就是十年整，住的时间之长，在我的一生中，仅次于济南和北京，成为我的第二故乡。

哥廷根是一个小城，人口只有十万，而流转迁移的大学生有时会到二三万人，是一个典型的大学城。大学已有几百年的历史，德国学术史和文学史上许多显赫的名字，都与这所大学有关。以他们的名字命名的街道，到处都是。让你一进城，就感到洋溢全城的文化气和学术气，仿佛是一个学术乐园、文化净土。

哥廷根素以风景秀丽闻名全德。东面山林密布。一年四季，绿草如茵。即使冬天下了雪，绿草埋在白雪下，依然翠绿如春。此地，冬天不冷，夏天不热，从来没遇到过大风。既无扇子，也无蚊帐，苍蝇、蚊子成了稀有动物，跳蚤、臭虫更是闻所未闻。街道洁净得邪性，你躺在马路上打滚，绝不会沾上任何一点尘土。家家的老太婆用肥皂刷洗人行道，已成为家常便饭。在城区中心，房子都是中世纪的建筑，至少四五层。人们置身其中，仿佛回到了中世纪去。古代的城墙仍然保留着，上面长满了参天的橡树。我在清华念书时，喜欢读德国短命抒情诗人荷尔德林（Hölderlin）的诗歌，他似乎非常喜欢橡树，诗中经常提到它。可是我始终不知道，橡树是什么样子。今天于无意中遇之，喜不自胜。此后，我常常到古城墙上来散步，在橡树的浓荫里，四面寂无人声，我一个人静坐沉思，成为哥廷根十年生活中最有诗意的一件事，至今忆念难忘。

我初到哥廷根时，人地生疏。老学长乐森浔先生到车站去接我，并且给我安排好了住房。房东姓欧朴尔（Oppel），老夫妇俩，只有一个儿子。儿子大了，到外城去上大学，就把他住的房间租给我。男房东是市政府的一个工程师，一个典型的德国人，老实得连话都不大肯说。女房东大约有五十来岁，是一个典型的德国家庭妇女，受过中等教育，能欣赏德国文学，喜欢德国古典音乐，趣味偏于保守，一提到爵士乐，就满脸鄙夷的神气，冷笑不止。她有德国妇女的一切优点：善良，正直，能体贴人，有同情心。但也有一些小小的不足之处，比如，她有一个最好的朋友，一个寡妇，两个人经常来往。有一回，她这位女友看到她新买的一顶帽子，喜欢得不得了，想照样买上一顶，她就大为不满，对我讲了她对这位女友的许多不满意的话。原来西方妇女——在某些方面，男人也一样——绝对不允许别人戴同样的帽子，穿同样的衣服。这一点我们中国人无论如何也是难以理解的。从这里可以看出，我这位女房东小市民习气颇浓。然而，瑕不掩瑜，她是我生平遇到的最好的妇女之一，善良得像慈母一般。

我就是在这样一个只有一对老夫妇的德国家庭里住了下来，同两位老人晨昏相聚，成为这个家庭的一员，一住就是十年，没有搬过一次家。我在这里先交代这个家庭的一般情况，细节以后还要谈到。

我初到哥廷根时的心情怎样呢？为了真实起见，我抄一段我到哥廷根后第二天的日记：

终于来到哥廷根了。这以后，在不安定的漂泊生活里会有一段比较长一点的安定的生活。我平常是喜欢做梦的，而且我还自己把梦涂上种种的彩色。最初我做到德国来的梦，德国是我的天堂，是我的理想国。我幻想德国有金黄色的阳光，有Wahrheit（真），有Sctonheit（美）。我终于把梦捉住了，我到了德国。然而得到的是失望和空虚。我的一切希望都泡影似的幻化了去。然而，立刻又有新的梦浮起来。我梦想，我在哥廷根，在这比较长一点的安定的生活里，我能读一点书，读点古代有过光荣而这光荣将永远不会消灭的文字。现在又终于到了哥廷根了。我不知道我能不能捉住这梦。其实又有谁能知道呢？

1935年11月1日

从这一段日记里可以看出，我当时眼前仍然是一片迷茫，还没有找到自己要走的道路。

怀念母亲

我一生有两个母亲：一个是生我的那个母亲；一个是我的祖国母亲。

我对这两个母亲怀着同样崇高的敬意和同样真挚的爱慕。

我六岁离开我的生母，到城里去住。中间曾回故乡两次，都是奔丧，只在母亲身边待了几天，仍然回到城里。最后一别八年，在我读大学二年级的时候，母亲弃养，只活了四十多岁。我痛哭了几年，食不下咽，寝不安席。我真想随母亲于地下。我的愿望没能实现。从此我就成了没有母亲的孤儿。一个缺少母爱的孩子，是灵魂不全的人。我怀着不全的灵魂，抱终天之恨。一想到母亲，就泪流不止，数十年如一日。如今到了德国，来到哥廷根这一座孤寂的小城，不知道是为什么，母亲频来入梦。

我的祖国母亲，我这是第一次离开她。离开的时间只有短短几个月，不知道是为什么，我这个母亲也频来入梦。

为了保存当时真实的感情，避免用今天的情感篡改当时的感情，我现在不加叙述，不作描绘，只从初到哥廷根的日记中摘抄几段：

1935 年 11 月 16 日

不久外面就黑起来了。我觉得这黄昏的时候最有意思。我不开灯，只沉默地站在窗前，看暗夜渐渐织上天空，织上对面的屋顶。一切都沉在朦胧的薄暗中。我的心往往在沉静到不能再沉静的氛围里，活动起来。这活动是轻微的，我简直不知道有这样的活动。我想到故乡，故乡里的老朋友，心里有点酸酸的，有点凄凉。然而这凄凉却并不同普通的凄凉一样，是甜蜜的，浓浓的，有说不出的味道，浓浓地糊在心头。

11月18日

从好几天以前，房东太太就向我说，她的儿子今天家来，从学校回家来，她高兴得不得了。……但儿子只是不来，她的神色有点沮丧。她又说，晚上还有一趟车，说不定他会来的。我看了她的神气，想到自己的在故乡地下卧着的母亲，我真想哭！我现在才知道，古今中外的母亲都是一样的！

11月20日

我现在还真是想家，想故国，想故国里的朋友。我有时简直想得不能忍耐。

11月28日

我仰在沙发上，听风声在窗外过路。风里夹着雨。天色阴得如黑夜。心里思潮起伏，又想到故国了。

12月6日

近几天来，心情安定多了。以前我真觉得二年太长，同时，在这里无论衣食住行哪一方面都感到不舒服，所以这二年简直似乎无论如何也忍受不下来了。

从初到哥廷根的日记里，我暂时引用这几段。实际上，类似的地方还有不少，从这几段中也可见一斑了。总之，我不想在国外待。一想到我的母亲和祖国母亲，就心潮腾涌，惶惶不可终日，留在国外的念头连影儿都没有。几个月以后，在1936年7月11日，我写了一篇散文，题目叫《寻梦》。开头一段是：

夜里梦到母亲，我哭着醒来。醒来再想捉住这梦的时候，梦却早不知道飞到什么地方去了。

下面描绘在梦里见到母亲的情景。最后一段是：

天哪！连一个清清楚楚的梦都不给我吗？我怅望灰天，在泪光里，幻出母亲的面影。

我在国内的时候，只怀念，也只有可能怀念一个母亲。现在到国外来了，在我的怀念中就增添了一个祖国母亲。这种怀念，在初到哥廷根的时候，异常强烈。以后也没有断过。对这两位母亲的怀念，一直伴随着我度过了在德国的十年，在欧洲的十一年。

二年生活

清华大学与德国学术交换处订的合同，规定学习期限为两年。我原来也只打算在德国住两年。在这期间，我的身份是学生。在德国十年中，这二年的学生生活可以算是一个阶段。

在这二年内，一般说来，生活是比较平静的，没有大风大浪，没有剧烈的震动。希特勒刚上台不几年，德国崇拜他如疯如狂。我认识一个女孩子，年轻貌美。有一次同她偶尔谈到希特勒，她脱口而出："如果我能同希特勒生一个孩子，是我莫大的光荣！"我真是大吃一惊，做梦也没有想到。我没有见过希特勒本人，只是常常从广播中听到他那疯狗的狂吠声。在德国人中，反对他的微乎其微。他手下那著名的两支队伍：SA（Sturm-Abteilung，冲锋队）和SS（Schutz-Staffel，党卫军），在街上随时可见。前者穿黄制服，我们称之为"黄狗"；后者着黑制服，我们称之为"黑狗"。这黄黑二狗从来没有跟我们中国学生找过麻烦。进商店，会见朋友，你喊你的"希特勒万岁"，我喊我的"早安""日安""晚安"，各行其是，互不侵犯，井水不犯河水，倒也能和平共处。我们同一般德国人从来不谈政治。

实际上，在当时，无论是在中国，还是在德国，都是处在大风暴的前夕。两年以后，情况就大大地改变了。

这一点我是有所察觉的，不过是无能为力，只好能过一天平静的日子，就过一天，苟全性命于乱世而已。

从表面上来看，市场还很繁荣，食品供应也极充足，限量制度还没有实行，只要有钱，什么都可以买到。我每天早晨在家里吃早点：小面包、牛奶、黄油、干奶酪，佐之以一壶红茶。然后到梵文研究所去，或上课，或学习。中午在外面饭馆里吃。吃完，仍然回到研究所，从来不懂什么睡午觉。下午也是或上课，或学习。晚上六点回家，房东老太太把他们中午吃的热饭菜留一份给我晚上吃。因此我就不必像德国人那样，晚饭只吃面包香肠喝茶了。

就这样，日子过得有条有理，满惬意的。

一到星期日，当时住在哥廷根的几个中国留学生：龙丕炎、田德望、王子昌、黄席棠、卢寿枬等就不约而同地到城外山下一片叫作“席勒草坪”的绿草地去会面。这片草地终年绿草如茵，周围古木参天，东面靠山，山上也是树木繁茂，大森林长宽各几十里。山中颇有一些名胜，比如俾斯麦塔，高踞山巅，登临一望，全城尽收眼底。此外还有几处咖啡馆和饭店。我们在席勒草坪会面以后，有时也到山中去游逛，午饭就在山中吃。见到中国人，能说中国话，真觉得其乐无穷，往往是在闲谈笑话中忘记了时间的流逝。等到注意到时间时，已是暝色四合，月出于东山之上了。

至于学习，我仍然是全力以赴。我虽然原定只能留两年，但我仍然做参加博士考试的准备。根据德国的规定，考博士必须读三个系：一个主系，两个副系。我的主系是梵文、巴利文等所谓印度学（Indologie），这是大局已定。关键是在两个副系上，然而这件事又是颇伤脑筋的。当年我在国内患“留学热”而留学一事还渺茫如蓬莱三山的时候，我已经立下大誓：决不写有关中国的博士论文。鲁迅先生说过，有的中国留学生在国外用老子与庄子谋得了博士头衔，令洋人大吃一惊，然而回国后讲的却是康德、黑格尔。我鄙薄这种博士，决不步他们的后尘。现在到了德国，无论主系和副系决不同中国学沾边。我听说，有一个学自然科学的留学生，想投机取巧，选了汉学作副系。在口试的时候，汉学教授问的第一个问题是：中国的杜甫与英国的莎士比亚，谁先谁后？中国文学史长达几千年，同屈原等比起来，杜甫是偏后的。而在英国则莎士比亚已算较古的文学家。这位留学生大概就受这种印象的影响，开口便说：“杜甫在后。”汉学教授说：“你落第了！下面的问题不需要再提了。”

谈到口试，我想在这里补充两个小例子，以见德国口试的情况，以及教授的权威。19世纪末，德国医学泰斗微耳和（Virchow）有一次口试学生，他把一盘子猪肝摆在桌子上，问学生道：“这是什么？”学生瞠目结舌，半天说不出话来。他哪里会想到教授会拿猪肝来呢。结果是口试落第。微耳和对他说：

“一个医学工作者一定要实事求是，眼前看到什么，就说是什么。连这点本领和勇气都没有，怎能当医生呢？”又一次，也是这位微耳和在口试，他指了指自己的衣服，问：“这是什么颜色？”学生端详了一会，郑重答道：“枢密顾问（德国成就卓著的教授的一种荣誉称号）先生！您的衣服曾经是褐色的。”微耳和大笑，立刻说：“你及格了！”因为他不大注意穿着，一身衣服穿了十几年，原来的褐色变成黑色了。这两个例子虽小，但是意义却极大。它告诉我们，德国教授是怎样处心积虑地培养学生实事求是不受任何外来影响干扰的观察问题的能力。回头来谈我的副系问题。我坚决不选汉学，这已是定不可移的了。那么选什么呢？我考虑过英国语言学和德国语言学。后来，又考虑过阿拉伯文。我还真下功夫学了一年阿拉伯文。后来，又觉得不妥，决定放弃。最后选定了英国语言学与斯拉夫语言学。但斯拉夫语言学，不能只学一门俄文。我又加学了南斯拉夫文。从此天下大定。

斯拉夫语研究所也在高斯—韦伯楼里面。从那以后，我每天到研究所来，学习一整天。主要精力当然是用到学习梵文和巴利文上。梵文班原先只有我一个学生。大概从第三学期开始，来了两个德国学生：一个是历史系学生，一个是一位乡村牧师。前者在我来哥廷根以前已经跟西克教授学习过几个学期。等到我第二学年开始时，他来参加，没有另外开班，就在一个班上。

我最初对他真是肃然起敬，他是老学生了。然而，过了不久，我就发现，他学习颇为吃力。尽管他在中学时学过希腊文和拉丁文，又懂英文和法文，但是对付这个语法规则烦琐到匪夷所思的程度的梵文，他却束手无策。在课堂上，只要老师一问，他就眼睛发直，口发呆，嗫嗫嚅嚅，说不出话来。一直到第二次世界大战爆发，他被征从军，他始终没能征服梵文，用我的话来说，就是，他没有跳过龙门。

我自己学习梵文，也并非一帆风顺。这一种在现在世界上已知的语言中语法最复杂的古代语言，形态变化之丰富，同汉语截然相反。我当然会感到困难。但是，既然已经下定决心要学习，就必然要把它征服。在这二年内，我曾多次暗表决心：一定要跳过这个龙门。

汉学研究所

章用一家走了，1937 年到了，我的交换期满了，是我应该回国的时候了。然而，国内“七七”事变爆发，不久我的家乡山东济南就被日军占领，我断了退路，就同汉学研究所发生了关系。

这个所的历史，我不清楚，我从来也没有想去研究过。汉学虽然也属于东方学的范畴，但并不在高斯—韦伯楼东方研究所内，而是在另外一个地方，在一座大楼里面。楼前有一个大草坪，盖满绿草，有许多株参天的古橡树。整个建筑显得古穆堂皇，颇有一点气派。一进楼门，有极其宽敞高大的过厅，楼梯也是极宽极高，是用木头建成的。这里不见什么人，但是打扫得也是油光锃亮。研究所在二楼，有七八间大房子，一间所长办公室，一间课堂，其余全是藏书室和阅览室。这里藏书之富颇令我吃惊。在这几间大房子里，书架从地板一直高达天花板，全整整齐齐地排满了书，中国书和日本出版的汉籍占绝大多数，也有几架西文书。里面颇有一些珍贵的古本，我记得有几种明版的小说，即使放在国内图书馆中，也得算作善本书。其中是否有海内孤本，因为我对此道并非行家里手，不敢乱说。这些书是怎样到哥廷根来的，我也没有打听。可能有一些是在中国的传教士带回去的。

所长是古斯塔夫·哈隆（Gustav Haloun）教授，是苏台德人，在感情上与其说他是德国人，毋宁说他是捷克人。他反对法西斯，自是意内事。我到哥廷根后不久，章用就带我来看过哈隆。在过去两年内，我们有一些来往，但不很密切。我交换期满的消息，传到了他的耳朵里，他主动跟我谈这个问题，问我愿意不愿意留下。我已是有家归不得，正愁没有办法。他的建议自然使我喜出望外，于是交换期一满，我立即受命为汉文讲师。原来我到汉学研究所来是做客，现在我也算是这里的主人了。

哈隆教授为人亲切和蔼，比我约长二十多岁。我到研究所后，我仍然是梵文研究所的博士生，我仍然天天到高斯—韦伯楼去学习，我的据点仍然在梵文研究所。但是，既然当了讲师，就有授课的任务，授课地点就在汉学研究所内，我到这里来的机会就多了起来，同哈隆和他夫人见面的机会也就多了起来。我们终于成了无话不谈的知心朋友，也可以说是忘年交吧。哈隆虽然不会说中国话，但汉学的基础是十分雄厚的。他对中国古代文献，比如《老子》《庄子》之类，是有很高的造诣的。甲骨文尤其是他的拿手好戏，讲起来头头是道，颇有一些极其精辟的见解。他对古代西域史地钻研很深，他的名作《月氏考》，蜚声国际士林。他非常关心图书室的建设。闻名欧洲的哥廷根大学图书馆，不收藏汉文典籍。所有的汉文书都集中在汉学研究所内。购买汉文书籍的钱好像也由他来支配。我曾经看他写过不少的信，给中国北平琉璃厂和隆福寺的许多旧书店，订购中国古籍。中国古籍也确实源源不断地越过千山万水，寄到研究所内。我曾特别从国内订购虎皮宣，给这些线装书写好书签，贴在上面。结果是整架的蓝封套上都贴上了黄色小条，黄蓝相映，闪出了异样的光芒，给这个研究所增添了无量光彩。

因为哈隆教授在国际汉学界广有名声，他同许多国家的权威汉学家都有来往。又由于哥廷根大学汉学研究所藏书丰富，所以招徕了不少外国汉学家来这里看书。我个人在汉学研究所藏书室里就见到了一些世界知名的汉学家。留给我印象最深的是英国汉学家阿瑟·韦利（Arthur Waley），他以翻译中国古典诗歌蜚声世界。他翻译的唐诗竟然被收入著名的《牛津英国诗选》。这一部《诗选》有点像中国的《唐诗三百首》之类的选本，被选入的诗都是久有定评的不朽名作。韦利翻译的中国唐诗，居然能置身其间，其价值概可想见了，韦利在英国文学界的地位也一清二楚了。

我在这里还见到了德国汉学家奥托·冯·梅兴—黑尔芬（Otto von Manchen-Helfen），他正在研究明朝的制漆工艺。有一天，他拿着一部本所的藏书，让我帮他翻译几段。我忘记了书名，只记得纸张印刷都异常古老，白色的宣纸已经变成了淡黄色，说不定就是明版书。我对制漆工艺毫无通解，勉强帮他翻译了一点，自己也不甚了了。但他却连连点头。他因为钻研已久，精于此道，所以一看就明白了。从那一次见面后，再没有见到他过。后来我在一本英国杂志上见到他的名字。此公大概久已移居新大陆，成了美籍德人了。

可能就在七七事变后一两年内，哈隆有一天突然告诉我了，他要离开德国到英国剑桥大学，去任汉学教授了。他在德国多年郁郁不得志，大学显然也不重视他，我从没有见到他同什么人来往过。他每天一大早同夫人从家中来到研究所。夫人做点针线活，或看点闲书。他则伏案苦读，就这样一直到深夜才携手回家。在寂寞凄清中，夫妇俩相濡以沫，过的几乎是形单影只的生活。看到这情景，我心里充满了同情。临行前，我同田德望在市政府地下餐厅为他饯行。他以极其低沉的声调告诉我们，他在哥廷根这么多年，真正的朋友只有我们两个中国人！泪光在他眼里闪动。我此时似乎非常能理解他的心情。他被迫去国，丢下他惨淡经营的图书室，心里是什么滋味，难道还不值得我一洒同情之泪吗？后来，他从英国来信，约我到英国剑桥大学去任教。我回信应允。可是等到我于 1946 年回国后，亲老，家贫，子幼。我不忍心再离开他们了。我回信说明了情况，哈隆回信，表示理解。我再没有能见到他。他在好多年以前已经去世，岁数也不会太大。一直到现在，我每想到我这位真正的朋友，心内就悲痛不已。

第二次世界大战爆发

一转眼，时间已经到了 1939 年。

在这以前的两年内，德国的邻国，每年春天一次，秋天一次，患一种奇特的病，称之为“侵略狂”或者“迫害狂”都是可以的，我没有学过医，不敢乱说。到了此时，德国报纸和广播电台就连篇累牍地报道，德国的东西南北四邻中有一个邻居迫害德国人了，挑起争端了，进行挑衅了，说得声泪俱下，气贯长虹。德国人心激动起来了，全国沸腾了。但是接着来的是德国出兵镇压别人，占领了邻居的领土，他们把这种行动叫作“抵抗”，到邻居家里去“抵抗”。德国法西斯有一句名言：“谎言说上一千遍，就变成了真理。”这就是他们新闻政策的灵魂。连我最初都有点相信，德国人不必说了。但是到了下半年，或者第二年的上半年，德国的某一个邻居又患病了，而且患的是同一种病，不由得我不起疑心。德国人聪明绝世，在政治上却幼稚天真如儿童。他们照例又激动起来了，全国又沸腾起来了。结果又有一个邻国倒了霉。

我预感到情况不妙，大有“山雨欲来风满楼”之势了。

事实证明，我的预感是正确的。

1939 年 9 月 1 日，德国的东邻波兰犯了上面说的那种“怪病”，德国“被迫”出兵“抵抗”，没有用很多的时间，波兰的“病”就完全治好了，全国被德军占领。如此接二连三，许多邻国的“病”都被德国治好，国土被他们占领。等到法国的马其诺防线被突破，德军进占巴黎以后，德国的四邻的“病”都已完全被法西斯治好了，我预感，德国又要寻找新的病人了。这个病人不是别的国家，只能是苏联。

事实证明，我的预感又不幸而言中了。

1941 年 6 月 22 日，我早晨一起来，女房东就告诉我，德国同苏联已经开了火。我的日记上写道："这一着早就料到，却没想到这样快。"这本来应该说是一件天大的事，但是德国人谁也不紧张。原因大概是，最近几年来，几乎每年两次出现这样的事，"司空见惯浑无事"了。我当然更不会紧张。前两天约好同德国朋友苹可斯（Pinks）和格洛斯（Gross）去郊游，照行不误。整整一天，我们乘车坐船，几次渡过小河，在旷野绿林中，步行了几十公里，唱歌，拉手风琴，野餐，玩了个不亦乐乎，尽欢而归，在灯火管制、街灯尽熄的情况下，在黑暗中摸索着走回了家。无论是对我，还是对德国朋友来说，今天早晨德苏宣战的消息，给我们没有留下任何印象。

第一次世界大战爆发时，我刚三岁，什么事情都不知道。后来读了一些关于这方面的书，看到战火蔓延之广，双方搏斗之激烈，伤亡人数之多，财产损失之重。我总想象，这样的大事开始时一定是惊天地，泣鬼神，上至三十三天，下达十八层地狱，无不震动，无不惊恐，才合乎情理。现在，我竟有幸亲身经历了规模比第一次世界大战要大得多、时间要长得多、伤亡要重得多的第二次世界大战的开端。可是万万没有想到，这一出人类历史上罕见的大戏，开端竟是这样平淡无奇。事后追思，真颇有点失望不过瘾的感觉了。

然而怪事还在后面。

战争既已打响，不管人们多么淡漠，总希望听到进一步的消息：是前进了呢？是后退了呢？是相持不下呢？然而任何消息都没有。23日没有，24日没有，25日没有，26日没有，27日仍然没有。到了28日，我在日记中写道："东战线的消息，一点都不肯定。我猜想，大概德军不十分得手。"隐含幸灾乐祸之意。然而，在整整沉默了一个礼拜之后，到了又一个礼拜日29日，广播却突如其来地活泼，一个早晨就播送了八个"特别广播"：德军已在苏联境内长驱直入，势如破竹，一个"特别广播"报告一个重大胜利。一直表现淡漠的德国人，震动起来了，他们如疯似的，山呼"万岁"。而我则气得内心暴跳如雷。一听"特别广播"，神经就极度紧张，浑身发抖，没有办法，就用双手堵住耳朵，心里数着一、二、三、四，等等，数到一定的程度，心想广播恐已结束，然而一松手，广播喇叭怪叫如故。此时我心中热血沸腾，直冲脑海。晚上需要吃加倍的安眠药，才能勉强入睡。30日的日记里写道："住下去，恐怕不久就会进疯人院。"

我的失眠症从此进入严重的阶段了。

完成学业　尝试回国

精神是苦闷的，形势是严峻的，但是我的学业仍然照常进行。

在我选定的三个系里，学习都算是顺利。主系梵文和巴利文，第一学期，瓦尔德施密特教授讲梵文语法，第二学期就念梵文原著《那罗传》，接着读迦梨陀娑的《云使》等。从第五学期起，就进入真正的Seminar（讨论班），读中国新疆吐鲁番出土的梵文佛经残卷，这是瓦尔德施密特教授的拿手好戏，他的老师H.吕德斯（H.Ltiders）和他自己都是这方面的权威。第六学期开始，他同我商量博士论文的题目，最后定为研究《大事》(Mahavastu）偈陀部分的动词变化。我从此就在上课教课之余，利用一切可利用的时间，啃那厚厚的三大册《大事》。第二次世界大战爆发后不久，我的教授被征从军。已经退休的西克教授，以垂暮之年，出来代替他上课。西克教授真正是诲人不倦，第一次上课他就对我郑重宣布：他要把自己毕生最专长的学问，统统地毫无保留地全部传授给我，一个是《梨俱吠陀》，一个是印度古典语法《大疏》，一个是《十王子传》，最后是吐火罗文，他是读通了吐火罗文的世界大师。就这样，在瓦尔德施密特教授从军期间，我就一方面写论文，一方面跟西克教授上课。学习是顺利的。

一个副系是英国语言学，另一个副系是斯拉夫语言学，我也照常上课，这些课也都是顺利的。

专就博士论文而论，这是学位考试至关重要的一项工作。教授看学生的能力，也主要是通过论文。德国大学对论文要求十分严格，题目一般都不大，但必须有新东西才能通过。有的中国留学生在德国已经待了六七年，学位始终拿不到，关键就在于论文。章用就是一个例子。一个姓叶的留学生也碰到了相同的命运。我的论文，题目定下来以后，我积极写作，到了1940年，已经基本写好。瓦尔德施密特从军期间，西克也对我加以指导。瓦尔德施密特回家休假，我就把论文送给他看。我自己不会打字，帮我打字的是迈耶（Meyer）家的大女儿伊姆加德（Irmgard），一位非常美丽的女孩子。这一年的秋天，我天天晚上到她家去。因为梵文字母拉丁文转写，符号很多，穿靴戴帽，我必须坐在旁边，才不致出错。9月13日，论文打完。事前已经得到瓦尔德施密特的同意。10月9日，把论文交给文学院长戴希格雷贝尔（Deichgraber）教授。德国规矩，院长安排口试的日期，而院长则由最年轻的正教授来担任。戴希格雷贝尔是希腊文、拉丁文教授，是刚被提升为正教授的。按规矩本应该三个系同时口试。但是瓦尔德施密特正值休假回家，不能久等，英文教授勒德尔（Roeder）却有病住院，在1940年12月23日口试时，只有梵文和斯拉夫语言学，英文以后再补。我这一天的日记是这样写的：

早晨五点就醒来。心里只是想到口试，再也睡不着。七点起来，吃过早点，又胡乱看了一阵书，心里极慌。

九点半到大学办公处去。走在路上，像待决的囚徒。十点多开始口试。Prof.Waldschmidt（瓦尔德施密特教授）先问，只有 Prof.Deichgraaber（戴希格雷贝尔教授）坐在旁边。Prof. Braun（布劳恩教授）随后才去。主科进行得异常顺利。但当 Prof.Braun 开始问的时候，他让我预备的全没问到。我心里大慌。他的问题极简单，简直都是常识。但我还不能思维，颇呈慌张之相。

十二点下来，心里极难过。此时，及格不及格倒不成问题了。

我考试考了一辈子，没想到在这最后一次考试时，自己竟会这样慌张。

第二天的日记：

心绪极乱。自己的论文不但 Prof.Sieg、Prof.Waldschmidt 认为极好，就连 Prof.Krause 也认为难得，满以为可以做一个很好的考试，但昨天俄文口试实在不佳。我所知道的他全不问，问的全非我所预备的。到现在想起来，心里还极难过。

这可以说是昨天情绪的余波。但是当天晚上：

七点前到 Prof.Waldschmidt 家去，他请我过节（羡林按：指圣诞节）。飘着雪花，但不冷。走在路上，心里只是想到昨天考试的结果，我一定要问他一问。一进门，他就向我恭喜，说我的论文是 sehr gut（优），印度学（Indologie）sehr gut，斯拉夫语言也是 sehr gut。这实在出我意料，心里对 Prof.Braun 产生了无穷的感激。

他的儿子先拉提琴，随后吃饭。吃完把圣诞树上的蜡烛都点上，喝酒，吃点心，胡乱谈一气。十点半回家，心里仍然想到考试的事情。

到了第二年 1941 年 2 月 19 日，勒德尔教授病愈出院，补英文口试，瓦尔德施密特教授也参加了，我又得了一个 sehr gut。连论文加口试，共得了四个 sehr gut。我没有给中国人丢脸，可以告慰我亲爱的祖国，也可以告慰母亲在天之灵了。博士考试一幕就此结束。

至于我的博士论文，当时颇引起了一点轰动。轰动主要来自 Prof.Krause（克劳泽教授）。他是一位蜚声世界的比较语言学家，是一位非凡的人物，自幼双目失明，但有惊人的记忆力，过耳不忘，像照相机那样准确无误。他能掌握几十种古今的语言，北欧几种语言，他都能说。上课前，只需别人给他念一遍讲稿，他就能几乎是一字不差地讲上两个小时。他也跟西克教授学过吐火罗语，他的大著（《西吐火罗语语法》），被公认为能够跟西克、西格灵（Sieg-ling）、舒尔策（Schulze）的吐火罗语语法媲美。他对我的博士论文中关于语尾 -mathe 的一段附录，给予了极高的评价，因为据说在古希腊文中有类似的语尾，这种偶合对研究印欧语系比较语言学有突破性的意义。1941 年 1 月 14 日我的日记中有下列一段话：

> Hartmann（哈特曼）去了。他先祝贺我的考试，又说 Prof. Krause 对我的论文赞不绝口，关于 Endung matha（动词语尾 matha）简直可以说是一个重要的发现。他立刻抄了出来，说不定从这里还可以得到有趣的发明。这些话伯恩克（Boehncke）小姐已经告诉过我。我虽然也觉得自己的论文并不坏，但并不以为有什么不得了。这样一来，自己也有点飘飘然起来了。

关于口试和论文，就写这样多。因为这是我留德十年中比较重要的问题，所以写多了。

我为什么非要取得一个博士学位不行呢？其中原因有的同一般人一样，有的则可能迥乎不同。中国近代许多大学者，比如王国维、梁启超、陈寅恪、郭沫若、鲁迅等，都没有什么博士头衔，但都会在学术史上有地位的。这一点我是知道的。可这些人都是不平凡的天才，博士头衔对他们毫无用处。但我扪心自问，自己并不是这种人，我从不把自己估计过高，我甘愿当一个平凡的人，而一个平凡的人，如果没有金光闪闪的博士头衔，则在抢夺饭碗的搏斗中必然是个失败者。这可以说是动机之一，但是还有之二。我在国内时对某一些趾高气扬、不可一世的留学生看不顺眼，窃以为他们也不过在外国炖了几年牛肉，一旦回国，在非留学生面前就摆起谱来了。但自己如果不也是留学生，则一表示不平，就会有人把自己看成一个吃不到葡萄而说葡萄酸的狐狸。我为了不当狐狸，必须出国，而且必须取得博士学位。这个动机，说起来十分可笑，然而却是真实的。多少年来，博士头衔就像一个幻影，飞翔在我的眼前，或近或远，或隐或显。有时候近在眼前，似乎一伸手就可以抓到。有时候又远在天边，可望而不可即。有时候熠熠闪光，有时候又晦暗不明。这使得我时而兴会淋漓，时而又垂头丧气。一个平凡人的心情，就是如此。

现在多年的夙愿终于实现了，我立即又想到自己的国和家。山川信美非吾土，漂泊天涯胡不归。适逢 1942 年德国政府承认了南京汉奸汪伪政府，国民党政府的公使馆被迫撤离，撤到瑞士去。我经过仔细考虑，决定离开德国，先到瑞士去，从那里再设法回国。我的初中同班同学张天麟那时住在柏林，我想去找他，看看有没有办法可想。决心既下，就到我认识的师友家去辞行。大家当然都觉得很可惜，我心里也充满了离情别绪。最难过的一关是我的女房东。此时男房东已经故去，儿子结了婚，住在另外一个城市里。我是她身边唯一的一个亲人，她是拿我当儿子来看待的。回忆起来她丈夫逝世的那一个深夜，是我跑到大街上去叩门找医生，回家后又伴她守尸的。如今我一旦离开，五间房子里只剩下她孤身一人，冷冷清清，戚戚惨惨，她如何能忍受得了！她一听到我要走的消息，立刻放声痛哭。我一想到相处七年，风雨同舟，一旦诀别，何日再见？也不禁热泪盈眶了。

到了柏林以后，才知道，到瑞士去并不那么容易。即便到了那里，也难以立即回国。看来只能留在德国了。此时战争已经持续了三年。虽然小的轰炸已经有了一些，但真正大规模的猛烈的轰炸还没有开始。在柏林，除了食品短缺外，生活看上去还平平静静，大街上仍然是车水马龙，行人熙攘，脸上看不出什么惊慌的神色。我抽空去拜访了大教育心理学家施普兰格尔（E.Spmnger）。又到普鲁士科学院去访问西克灵教授，他同西克教授共同读通了吐火罗文。我读他的书已经有些年头了，只是从未晤面。他看上去非常淳朴老实、木讷寡言。在战争声中仍然伏案苦读，是一个典型的德国学者。就这样，我在柏林住了几天，仍然回到了哥廷根，时间是1942年10月30日。

我一回到家，女房东仿佛凭空拣了一只金凤凰，喜出望外。我也仿佛有游子还家的感觉。回国既已无望，我只好随遇而安，丢掉一切不切实际的幻想，同德国共存亡，同女房东共休戚了。

我又恢复了七年来的刻板单调的生活。每天在家里吃过早点，就到高斯—韦伯楼梵文研究所去，在那里一直工作到中午。午饭照例在外面饭馆子里吃。吃完仍然回到研究所。我现在已经不再是学生，办完了退学手续，专任教员了。我不需要再到处跑着去上课，只是有时到汉学研究所去给德国学生上课，主要精力用在自己读书和写作上。我继续钻研佛教混合梵语，沿着我的博士论文所开辟的道路前进。除了肚子饿和间或有的空袭外，生活极有规律，极为平静。研究所对面就是大学图书馆，我需要的大量的有时甚至极为稀奇古怪的参考书，这里几乎都有，真是一个理想的学习和写作的环境。因此，我的写作成果是极为可观的。在博士后的五年内，我写了几篇相当长的论文，刊登在哥廷根科学院院刊上，自谓每一篇都有新的创见，直到今天，已经过了将近半个世纪，还不断有人引用。这是我毕生学术生活的黄金时期，从那以后再没有过了。

日子虽然过得顺利、平静。但也不能说，一点波折都没有。德国法西斯政府承认了汪伪政府。这就影响到我们中国留学生的居留问题：护照到了期，到哪里去请求延长呢？这个护照算是哪一个国家的使馆签发的呢？这是一个事关重大又亟待解决的问题。我同张维等几个还留在哥廷根的中国留学生，严肃地商议了一下，决意到警察局去宣布自己为无国籍者。这在国际法上是可以允许的。所谓“无国籍者”，就是对任何国家都没有任何义务，但同时也不受任何国家的保护。其中是有一点风险的，然而事已至此，只好走这一步了。从此我们就变成了像天空中的飞鸟一样的人，看上去非常自由自在，然而任何人都能伤害它。

事实上，并没有任何人伤害我们。在轰炸和饥饿的交相压迫下，我的日子过得还算是平静的。我每天又机械地走过那些我已经走了七年的街道，我熟悉每一座房子，熟悉每一棵树。即使闭上眼睛，我也绝不会走错了路。但是，一到礼拜天，就来了我难过的日子。我仍然习惯于一大清早就到席勒草坪去，脚步不由自主地向那个方向转。席勒草坪风光如故，面貌未改，仍然是绿树四合，芳草含翠。但是，此时我却是形单影只，当年那几个每周必碰头的中国朋友，都已是天各一方，世事两茫茫了。

我感到凄清与孤独。

大轰炸

然而来了大轰炸。

战争已经持续了三四年。最初一两年，英美苏的飞机也曾飞临柏林上空，投掷炸弹。但那时技术水平还相当低，炸弹只能炸坏高层楼房的最上一二层，下面炸不透。因此每一座高楼都有的地下室就成了全楼的防空洞，固若金汤，人们待在里面，不必担忧。即使上面中了弹，地下室也只是摇晃一下而已。德国法西斯头子都是说谎专家、牛皮大王。这一件事他们也不放过。他们在广播里报纸上，嘲弄又加吹嘘，说盟军的飞机是纸糊的，炸弹是木制的，德国的空防系统则是铜墙铁壁。政治上比较天真的德国人民，哗然和唱，全国一片欢腾。

然而曾几何时，盟军的轰炸能力陡然增强。飞来的次数越来越多，每一次飞机的数目也越增越多。不但白天来，夜里也能来。炸弹穿透力量日益提高，由穿透一两层提高到穿透七八层，最后十几层楼也抵挡不住。炸弹由楼顶穿透到地下室，然后爆炸。此时的地下室就再无安全可言了。我离开柏林不久，英国飞机白天从西向东飞，美国飞机晚上从东向西飞，在柏林“铺起了地毯”。所谓“铺地毯”是此时新兴的一个名词，意思是，飞机排成了行列，每隔若干米丢一颗炸弹，前后左右，不留空隙，就像客厅里铺地毯一样。到了此时，法西斯头子王顾左右而言他，以前的牛皮仿佛根本没有吹过，而老实的德国人民也奉陪健忘，再也不提什么纸糊木制了。

哥廷根是个小城，最初盟国飞机没有光临。到了后来，大城市已经炸遍，有的是接二连三地炸，小城市于是也蒙垂青。哥廷根总共被炸过两次，都是极小规模的，“铺地毯”的光荣没有享受到。这里的人民普遍大意，全城没有修筑一个像样的防空洞。一有警报，就往地下室里钻。灯光管制还是相当严的。每天晚上，在全城一片黑暗中，不时有“Lichtaus!”（灭灯！）的呼声喊起，回荡在夜空中，还颇有点诗意哩。有一夜，英国飞机光临了，我根本无动于衷，拥被高卧。后来听到炸弹声就在不远处，楼顶上的窗子已被震碎。我一看不妙，连忙狼狈下楼，钻入地下室里。心里自己念叨着："以后要多加小心了。"

第二天早起进城，听到大街小巷都是清扫碎玻璃的哗啦哗啦声。原来是英国飞机开了一个不大不小的玩笑：他们投下的是气爆弹，目的不在伤人，而在震碎全城的玻璃。他们只在东西城门处各投一颗这样的炸弹，全城的玻璃大部分都被气流摧毁了。

万没有想到，我在此时竟碰到一件怪事。我正在哗啦声中，沿街前进，走到兵营操场附近，从远处看到一个老头，弯腰屈背，仔细看什么。他手里没有拿着笤帚之类的东西，不像是扫玻璃的。走到跟前，我才认清，原来是德国飞机制造之父、蜚声世界的流体力学权威普兰特尔（Prandtl）教授。我赶忙喊一声："早安，教授先生！"他抬头看到我，也说了声："早安！"他告诉我，他正在看操场周围的一段短墙，看炸弹爆炸引起的气流是怎样摧毁这一段短墙的。他嘴里自言自语："这真是难得的机会！我的流体力学试验室里是无论如何也装配不起来的。"我陡然一惊，立刻又肃然起敬。面对这样一位抵死忠于科学研究的老教授，我还能说些什么呢？

无独有偶。我听说，在南德慕尼黑城，在一天夜里，盟军大批飞机，飞临城市上空，来"铺地毯"。正在轰炸高峰时，全城到处起火。人们都纷纷从楼上往楼下地下室或防空洞里逃窜，急急如漏网之鱼。然而独有一个老头却反其道而行之，他是从楼下往楼顶上跑，也是健步如飞，急不可待。他是一位地球物理学教授。他认为，这是极其难得的做实验的机会，在实验室里无论如何也不会有这样的现场：全城震声冲天，地动山摇。头上飞机仍在盘旋，随时可能有炸弹掉在他的头上。然而他全然不顾，宁愿为科学而舍命。对于这样的学者，我又有什么话好说呢？

大轰炸就这样在全国展开。德国人民怎样反应呢？法西斯头子又怎样办呢？每次大轰炸之后，德国人在地下室或防空洞里蹲上半夜，饥寒交迫，担惊受怕，情绪当然不会高。他们天性不会说怪话，至于有否腹诽，我不敢说。此时，法西斯头子立即宣布，被炸城市的居民每人增加“特别分配”一份，咖啡豆若干粒，还有一点别的什么。外国人不在此例。不了解当时德国情况的人，无法想象德国人对咖啡偏爱之深。有一本杂志上有一幅漫画：一只白金戒指，上面镶的不是宝石，不是金刚钻，而是一颗咖啡豆。可见咖啡身价之高。挨过一次炸，正当接近闹情绪的节骨眼上，忽然皇恩浩荡，几粒咖啡豆从天而降，一杯下肚，精神焕发，又大唱德国必胜的滥调了。

在哥廷根第一次被轰炸之后，我再也不敢麻痹大意了。只要警笛一响，我立即躲避。到了后来，英国飞机几乎天天来。

用不着再在家里恭候防空警报了。我吃完早点，就带着一个装满稿子的皮包，走上山去，躲避空袭。另外还有几个中国留学生加入了这个队伍，各自携带着认为有价值的东西，走向山中。最奇特的是刘先志和滕莞君两夫妇携带的东西，他们只提着一只篮子，里面装的一非稿子，二非食品，而是一只乌龟。提起此龟，大有来历，还必须解释几句。原来德国由于粮食奇缺，不知道从哪一个被占领的国家运来了一大批乌龟，供人食用。但是德国人吃东西是颇为保守的，对于这一批敢同兔子赛跑的勇士，有点见而生畏，哪里还敢往肚子里填！于是德国政府又大肆宣扬乌龟营养价值之高，引经据典，还不缺少统计图表，证明乌龟肉简直赛过仙丹醍醐。刘氏夫妇在柏林时买了这只乌龟。但看到它笨拙的躯体，灵活的小眼睛，一时慈上心头，不忍下刀，便把它养了起来。又从柏林带到哥廷根，陪我们天天上山，躲避炸弹。我们仰卧在绿草上，看空中英国飞机编队飞过哥廷根上空，一躺往往就是几个小时。在我们身旁绿草丛中，这一只乌龟瞪着小眼睛，迈着缓慢的步子，仿佛想同天空中飞驰的大东西，赛一个你输我赢一般。我们此时顾而乐之，仿佛现在不是乱世，而是乐园净土，天空中带着死亡威胁的飞机的嗡嗡声，霎时间变成了阆苑仙宫的音乐，我们忘掉了周围的一切，有点忘乎所以了。

在饥饿地狱中

同轰炸并驾齐驱的是饥饿。

我初到德国的时候，供应十足充裕，要什么有什么，根本不知饥饿为何物。但是，法西斯头子侵略成性，其实法西斯的本质就是侵略，他们早就扬言：要大炮，不要奶油。在最初，德国人桌子上还摆着奶油，肚子里填满了火腿，根本不了解这句口号的真正意义。于是，全国翕然响应，仿佛他们真不想要奶油了。大概从 1937 年开始，逐渐实行了食品配给制度。最初限量的就是奶油，以后接着是肉类，最后是面包和土豆。到了 1939 年，希特勒悍然发动第二次世界大战，德国人的腰带就一紧再紧了。这一句口号得到了完满的实现。

我虽生也不辰，在国内时还没有真正挨过饿。小时候家里穷，一年至多只能吃两三次白面，但是吃糠咽菜，肚子还是能勉强填饱的。现在到了德国，才真受了“洋罪”。这种“洋罪”是慢慢地感觉到的。我们中国人本来吃肉不多，我们所谓“主食”实际上是西方人的“副食”。黄油从前我们根本不吃。所以在德国人开始沉不住气的时候，我还优哉游哉，处之泰然。但是，到了我的“主食”面包和土豆限量供应的时候，我才感到有点不妙了。黄油失踪以后，取代它的是人造油。这玩意儿放在汤里面，还能呈现出几个油珠儿。

但一用来煎东西，则在锅里嗞嗞几声，一缕轻烟，油就烟消云散了。在饭馆里吃饭时，要经过几次思想斗争，从战略观点和全局观点反复考虑之后，才请餐馆服务员（Herr Ober)“煎”掉一两肉票。倘在汤碗里能发现几滴油珠，则必大声唤起同桌者的注意，大家都乐不可支了。

最困难的问题是面包。少且不说，实质更可怕。完全不知道里面掺了什么东西。有人说是鱼粉，无从否认或证实。反正是只要放上一天，第二天便有腥臭味。而且吃了，能在肚子里制造气体。在公共场合出虚恭，俗话就是放屁，在德国被认为是极不礼貌，有失体统的。然而肚子里带着这样的面包去看电影，则在影院里实在难以保持体统。我就曾在看电影时亲耳听到虚恭之声，此伏彼起，东西应和。我不敢耻笑别人。我自己也正在同肚子里过量的气体做殊死斗争，为了保持体面，想把它镇压下去，而终于还以失败告终。

但是也不缺少令人兴奋的事：我打破了纪录，是自己吃饭的记录。有一天，我同一位德国女士骑自行车下乡，去帮助农民摘苹果。在当时，城里人谁要是同农民有一些联系，别人会垂涎三尺的，其重要意义绝不亚于今天的走后门。这一位女士同一户农民挂上了钩，我们就应邀下乡了。苹果树都不高，只要有一个短梯子，就能照顾全树了。德国苹果品种极多，是本国的主要果品。我们摘了半天，工作结束时，农民送了我一篮子苹果，其中包括几个最优品种的，另外还有五六斤土豆。我大喜过望，跨上了自行车，有如列子御风而行，一路青山绿水看不尽，轻车已过数重山。到了家，把土豆全部煮上，蘸着积存下的白糖，一鼓作气，全吞进肚子，但仍然还没有饱意。

“挨饿”这个词儿，人们说起来，比较轻松。但这些人都是没有真正挨过饿的。我是真正经过饥饿炼狱的人，其中滋味实不足为外人道也。我非常佩服东西方的宗教家们，他们对人情世事真是了解到令人吃惊的程度，在他们的地狱里，饥饿是被列为最折磨人的项目之一。中国也是有地狱的，但却是舶来品，其来源是印度。谈到印度的地狱学，那真是博大精深，蔑以加矣。“死鬼”在梵文中叫 Preta, 意思是“逝去的人”。到了中国译经和尚的笔下，就译成了“饿鬼”，可见“饥饿”在他们心目中占多么重要的地位。汉译佛典中，关于地狱的描绘，比比皆是。《长阿含经》卷十九《地狱品》的描绘可能是有些代表性的。这里面说，共有八大地狱，第一大地狱名想，其中有十六小地狱：第一小地狱名曰黑沙，二名沸屎，三名五百钉，四名饥，五名渴，六名一铜釜，七名多铜釜，八名石磨，九名脓血，十名量火，十一名灰河，十二名铁丸，十三名祈斧，十四名豺狼，十五名剑树，十六名寒冰。地狱的内容，一看名称就能知道，饥饿在里面占了一个地位。这个饥饿地狱里是什么情况呢？《长阿含经》说：

（饿鬼）到饥饿地狱。狱卒来问："汝等来此，欲何所求？"报言："我饿！"狱卒即捉扑热铁上，舒展其身，以铁钩钩口使开，以热铁丸着其口中，焦其唇舌，从咽至腹，通彻下过，无不焦烂。

这当然是印度宗教家的幻想。西方宗教家也有地狱幻想。在但丁的《神曲》里面也有地狱。第六篇，但丁在地狱中看到一个怪物，张开血盆大口，露出长牙，但丁的引导人俯下身子，在地上抓了一把泥土，对准怪物的嘴，投了过去。怪物像狗一样狺狺狂吠，无非是想得到食物。现在嘴里有了东西，就默然无声了。西方的地狱内容实在太单薄，比起东方地狱来，大有小巫见大巫之势了。

为什么东西方宗教家都幻想地狱，而在地狱中又必须忍受饥饿的折磨呢？他们大概都认为饥饿最难忍受，恶人在地狱中必须尝一尝饥饿的滋味。这个问题我且置而不论。不管怎样，我当时实在是正处在饥饿地狱中，如果有人向我嘴里投掷热铁丸或者泥土，为了抑制住难忍的饥饿，我一定会毫不迟疑地不顾一切地把它们吞了下去，至于肚子烧焦不烧焦，就管不了那样多了。

我当时正在读俄文原文的果戈理的《钦差大臣》。在第二幕第一场里，我读到了奥西普躺在主人的床上独白的一段话：

现在旅馆老板说啦，前账没有付清就不开饭，可我们要是付不出钱呢？（叹口气）唉，我的天，哪怕有点菜汤喝喝也好呀。我现在恨不得要把整个世界都吞下肚子里去。

这写得何等好呀！果戈理一定挨过饿，不然的话，他无论如何也写不出要把整个世界都吞下去的话来。

长期挨饿的结果是，人们都逐渐瘦了下来。现在有人害怕肥胖，提倡什么减肥，往往费上极大的力量，却不见效果。于是有人说："我就是喝白水，身体还是照样胖起来的。"这话现在也许是对的，但在当时却完全不是这样。我的男房东在战争激烈时因心脏病死去。他原本是一个大胖子，到死的时候，体重已经减轻了二三十公斤，成了一个瘦子了。我自己原来不胖，没有减肥的物质基础。但是饥饿在我身上也留下了伤痕：我失掉了饱的感觉，大概有八年之久。后来到了瑞士，才慢慢恢复过来。

烽火连三月 家书抵亿金

随着形势的日益险恶，我的怀乡之情也日益腾涌。这比刚到哥廷根时的怀念母亲之情，其剧烈的程度不可同日而语了。

这种怀乡之情并不是由于受了德国方面的什么刺激而产生的。正相反，看了德国人沉着冷静的神态，使我颇感安慰。他们该干什么，就干什么，看不出什么紧张。比如说，就拿轰炸来说吧。我原以为，轰炸到了铺地毯的程度，已经是蔑以复加矣。然而不然。原来还有更高的层次。最初，敌机飞临德国上空时，总要拉响警笛的。警笛也有不同的层次，以敌机距离本城的远近来划分。敌机一飞走，警报立即解除。我们都绝对要听从警笛的指挥，不敢稍有违反。在这里也表现出德国人遵守纪律、热爱秩序的特点。但是，到了后来，东线战争毫无进展，德国从四面受到包围。防空能力一度吹嘘得像神话一般，现在则完全垮了台。敌机随时可以飞临上空，也不论白天和夜晚，愿意投弹则投弹，不愿意投弹，则以机关枪向地面扫射。警笛无法拉响，警报无法发出。因为一天二十四小时，时时刻刻都在警报中，警笛已经是英雄无用武之地了。到了此时，我们出门，先抬头看一看天空，天上有飞机，则到街道旁边的房檐下躲一躲。飞机一过，立即出来，该干什么干什么。常常听到人说，什么地方的村庄和牛被敌机上的机关枪扫射了，子弹比平常的枪弹要大得多。听到这些消息，再加上空中的机声，然而人们丝毫也不紧张，而有点处之泰然了。

再拿食品来说吧。日益短缺，这自在意料之中，不足为怪。奇怪的倒是德国人，他们也是处之泰然的，不但没有怪话，而且有时还颇有些幽默感。我曾在一张报纸上看到一幅漫画，画的是一家在吃饭。舅舅用叉子叉着一块兔子肉，嘴里连声称赞："真好吃呀！"而坐在对面的小外甥，则低头垂泪。这兔子显然是小孩豢养大的。从城里来的舅舅只知道肉好吃，全然不理解小孩的心情。德国人给人的印象是严肃、认真、淳朴，他们的彻底性是有口皆碑的。他们似乎不像英国人那样欣赏幽默。然而在食品缺乏到可怕的程度的时候，他们居然并不缺少幽默。我提到的这一幅漫画不是一个绝好的证明吗？

德国人这种对待轰炸和饥饿的超然泰然的态度，当然会感染了我。但是我身处异域，离开自己的祖国和亲人有千山万水之遥。比起德国人来，祖国和亲人就在眼前，当然感受完全不同。我是一个“老外”，是在异域受“洋罪”。自己的一些牢骚、一些想法，平常日子无法宣泄，自然而然地就在梦中表现出来。我不是庄子所谓的“至人无梦”的“至人”，我的梦非常多。我的一些希望在梦中肆无忌惮地得到了满足。我梦的最多的是祖国的食品。我这个人素无大志，在食品方面亦然。我从来没有梦到过什么燕窝、鱼翅、猴头、熊掌，这些东西本来就与我缘分不大。我做梦梦到最多的是吃炒花生米和锅饼（北京人叫“锅盔”）。这都是小时候常吃而直到今天耄耋之年仍然经常吃的东西。每天平旦醒来，想到梦中吃的东西，怀乡之情如大海怒涛，奔腾汹涌，无论如何也抑制不住。

此时，大学的情况，也真让人触目伤心。大战爆发以后，有几年的时间，男生几乎都被征从军，只剩下了女生，奔走于全城各研究所之间，哥廷根大学变成一个女子大学。无论走进哪一间教室或实验室，都是粉白黛绿，群雌粥粥，仿佛到了女儿国一般。等到战争越过了最高峰逐渐走向结束的时候，从东部俄国前线上送回来了大量的德国伤兵，一部分就来到了哥廷根。这时候，在大街上奔走于全城各研究所之间的，除了女生以外，就是缺胳膊断腿的拄着双拐或单拐，甚至乘坐轮椅的伤残大学生。在上课的大楼中，在洁净明亮的走廊上，拐杖触地的清脆声，处处可闻。这种声音回荡在粉白黛绿之间，让人听了，不知应当作何感想。德国的大音乐家还没有哪一个谱过拐声交响乐。我这个外乡人听了，真是欲哭无泪。

同德国伤兵差不多同时涌进哥廷根城的是苏联、波兰、法国等国的俘虏，人数也是很多的。既然是俘虏，最初当然有德国人看管。后来大概是由于俘虏太多，而派来看管的德国男人则又太少了，我看到好多俘虏自由自在地在大街上闲逛。我也曾在郊外农田里碰到过俄国俘虏，没有看管人员，他们就带了锅，在农田挖掘收割剩下的土豆，挖出来，就地解决，找一些树枝，在锅里一煮，就狼吞虎咽地吃开了。他们显然是饿得够呛的。俘虏中是有等级的，苏联和法国俘虏级别似乎高一点，而波兰的战俘和平民，在法西斯眼中是亡国之民，受到严重的侮辱性的歧视，每个人衣襟上必须缝上一个写着“P”字的布条，有如印度的不可接触者，让人一看就能够分别。法显《佛国记》中说是“击木以自异”，在现代德国是“挂条以自异”。有一天，我忽然在一个我每天必须走过的菜园子里，看到一个襟缝“P”字的波兰少女在那里干活，圆圆的面孔，大大的眼睛，非常像八九年前我在波兰火车上碰到的Wala。难道真会是她吗？我不敢贸然搭话。从此我每天必然看到她在菜地里忙活。“同是天涯沦落人”，我首先想到的就是这一句话。我心里痛苦万端，又是欲哭无泪。经过长期酝酿，我写成了那一篇《Wala》，表达了我的沉痛心情。

我当时的心情就是这个样子。

此时，我同家里早已断了书信。祖国抗日战争的情况也几乎不清楚。偶尔从德国方面听到一点消息，由于日本是德国盟国，也是全部谎言。杜甫的诗说：“烽火连三月，家书抵万金”，我想把它改为“烽火连八岁，家书抵亿金”，这样才真能符合我的情况。日日夜夜，不知道有多少事情揪住了我的心。祖国是什么样子了？家里又怎样了？叔父年事已高，家里的经济来源何在？婶母操持这样一个家，也真够她受的。德华带着两个孩子，日子不知是怎样过的？“可怜小儿女，未解忆长安”。我想，他们是能够忆长安的。他们大概知道，自己有一个爸爸在很远很远的地方。家里还有一条名叫“憨子”的小狗，在国内时，我每次从北京回家，一进门就听到汪汪的吠声，但一看到是我，立即摇起了尾巴，憨态可掬。这一切都是我时刻想念的。连院子里那两棵海棠花也时来入梦。这些东西都使我难以摆脱。真正是抑制不住的离愁别恨，数不尽的不眠之夜！

我特别经常想到母亲。当我同祖国和家庭完全断掉联系的时候，我思母之情日益剧烈。母亲入梦，司空见惯。但可恨的是，即使在梦中看到母亲的面影，也总是模模糊糊的。原因很简单，我的家乡是穷乡僻壤，母亲一生没照过一张相片。我脑海里那一点母亲的影子，是我在十几岁时离开她用眼睛摄取的，是极其不可靠的。可怜我这个失母的孤儿，连在梦中也难以见到母亲的真面目，老天爷不是对我太残酷了吗？

迈耶（Meyer）一家

迈耶一家同我住在一条街上，相距不远。我现在已经记不清楚，我是怎样认识他们的。可能是由于田德望住在那里，我去看田，从而就认识了。田走后，又有中国留学生住在那里，三来两往，就成了熟人。

他们家有老夫妇俩和两个如花似玉的女儿。老头同我的男房东欧朴尔先生非常相像，两个人原来都是大胖子，后来饿瘦了。脾气简直是一模一样，老实巴交，不会说话，也很少说话。在人多的时候，呆坐在旁边，一言不发，脸上却总是挂着憨厚的微笑。这样的人，一看就知道，他绝不会撒谎、骗人。他也是一个小职员，天天忙着上班、干活。后来退休了，整天待在家里，不大出来活动。家庭中执掌大权的是他的太太。她同我的女房东年龄差不多，但是言谈举动，两人却不大一样。迈耶太太似乎更活泼，更能说会道，更善于应对进退，更擅长交际。据我所知，她待中国学生也是非常友好的。住在她家里的中国学生同她关系都处得非常好。她也是一个典型的德国妇女，家庭中一切杂活她都包了下来。她给中国学生做的事情，同我的女房东一模一样。我每次到她家去，总看到她忙忙碌碌，里里外外，连轴转。但她总是喜笑颜开，我从来没有看到她愁眉苦脸过。她们家是一个非常愉快美满的家庭。

我同她们家来往比较多，还有另外一个原因。在我写作博士论文的那几年中，我用德文写成稿子，在送给教授看之前，必须用打字机打成清稿，而我自己既没有打字机，也不会打字。因为屡次反复修改，打字量是非常大的。适逢迈耶家的大小姐伊姆加德 (Irmgard) 能打字，又自己有打字机，而且她还愿意帮我打。于是，有很长的一段时间，我几乎天天晚上到她家去。因为原稿改得太乱，而且论文内容稀奇古怪，对伊姆加德来说，简直像天书一般。因此，她打字时，我必须坐在旁边，以备咨询。这样往往工作到深夜，我才摸黑回家。

我考试完结以后，打论文的任务完全结束了。但是，在我仍然留在德国的四五年间，我自己又写了几篇论文，所以一直到我于 1945 年离开德国时，还经常到伊姆加德家里去打字。她家里有什么喜庆日子，招待客人吃点心，吃茶，我必被邀请参加。特别是在她生日的那一天，我一定去祝贺。她母亲安排座位时，总让我坐在她旁边。此时，留在哥廷根的中国学生越来越少。以前星期日总在席勒草坪会面的几个好友都已走了。我一个人形单影只，寂寞之感，时来袭人。我也乐得到迈耶家去享受一点友情之乐，在战争喧闹声中，寻得一点清静。这在当时是非常难能可贵的。至今记忆犹新，恍如昨日。

在这样的情况下，我离开迈耶一家，离开伊姆加德，心里是什么滋味，完全可以想象。1945年9月24日，我在日记里写道：

吃过晚饭，七点半到 Meyer 家去，同 Irmgard 打字。她劝我不要离开德国。她今天晚上特别活泼可爱。我真有点舍不得离开她。但又有什么办法？像我这样一个人，不配爱她这样一个美丽的女孩子。

同年10月2日，在我离开哥廷根的前四天，我在日记里写道：

回到家来，吃过午饭，校阅稿子。三点到 Meyer 家，把稿子打完。Irmgard 只是依依不舍，令我不知怎样好。

日记是当时的真实记录，不是我今天的回想：是代表我当时的感情，不是今天的感情。我就是怀着这样的感情离开迈耶一家，离开伊姆加德的。到了瑞士，我同她通过几次信，回国以后，就断了音问。说我不想她，那不是真话。1983年，我回到哥廷根时，曾打听过她，当然是杳如黄鹤。如果她还留在人间的话，恐怕也将近古稀之年了。而今我已垂垂老矣。世界上还能想到她的人恐怕不会太多。等到我不能想到她的时候，世界上能想到她的人，恐怕就没有了。

别哥廷根

是我要走的时候了。

是我离开德国的时候了。

是我离开哥廷根的时候了。

我在这座小城里已经住了整整十年了。

中国古代俗语说：千里凉棚，没有不散的筵席。人的一生就是这个样子。当年佛祖规定，浮屠不三宿桑下。害怕和尚在一棵桑树下连住三宿，就会产生留恋之情。这对和尚的修行不利。我在哥廷根住了不是三宿，而是三宿的一千二百倍。留恋之情，焉能免掉？好在我是一个俗人，从来也没有想当和尚，不想修仙学道，不想涅槃，西天无份，东土有根。留恋就让它留恋吧！但是留恋毕竟是有限期的。我是一个有国有家有父母有妻子的人，是我要走的时候了。

回忆十年前我初来时，如果有人告诉我：你必须在这里住上五年。我一定会跳起来的：五年还了得呀！五年是一千八百多天呀！然而现在，不但过了五年，而且是五年的两倍。我一点也没有感觉到有什么了不得，宛如一场缥缈的春梦，十年就飞去了。现在，如果有人告诉我：你必须在这里再住上十年。我不但不会跳起来，而且会愉快地接受下来的。

然而我必须走了。

是我要走的时候了。

当时要想从德国回国，实际上只有一条路，就是通过瑞士，那里有国民党政府的公使馆。张维和我于是就到处打听到瑞士去的办法。经多方探询，听说哥廷根有一家瑞士人。我们连忙专程拜访，是一位家庭妇女模样的中年妇人，人很和气。但是，她告诉我们，入境签证她管不了，要办，只能到汉诺威（Hannover）去。张维和我于是又搭乘公共汽车，长驱百余公里，赶到了这一地区的首府汉诺威。

汉诺威是附近最大最古的历史名城。我久仰大名，只是从没有来过。今天来到这里，我真正大吃一惊：这还算是一座城市吗？尽管从远处看，仍然是高楼林立，但是，走近一看，却只见废墟。剩下没有倒的一些断壁颓垣，看上去就像是古罗马留下来的斗兽场。马路还是有的，不过也布满了大大小小的弹坑。汽车有的已经恢复了行驶，不过数目也不是太多。引起我们注意的是马路两旁人行道上的情况。德国高楼建筑的格局，各大城市几乎都是一模一样：不管楼高多少层，最下面总有一个地下室，是名副其实地建筑在地下的。这里不能住人。住在楼上的人每家分得一二间，在里面贮存德国人每天必吃的土豆，以及苹果、瓶装的草莓酱、煤球、劈柴之类的东西。从来没有想到还会有别的用途的。战争一爆发，最初德国老百姓轻信法西斯头子的吹嘘，认为英美飞机都是纸糊的，绝不能飞越德国国境线这个雷池一步。大城市里根本没有修建真正的防空壕洞。后来，大出人们的意料，敌人纸糊的飞机变成钢铁的了，法西斯头子们的吹嘘变成了肥皂泡了。英美的炸弹就在自己头上爆炸，不得已就逃入地下室躲避空袭。这当然无济于事。英美的重磅炸弹有时候能穿透楼层，在地下室中向上爆炸。其结果可想而知。有时候分量稍轻的炸弹，在上面炸穿了一层、两层或多一点层的楼房，就地爆炸。地下室幸免于难，然而结果却更可怕。上面的被炸的楼房倒塌下来，把地下室严密盖住。活在里面的人，呼天天不应，叫地地不灵，这是什么滋味，我没有亲身经历，不愿瞎说。然而谁想到这一点，会不不寒而栗呢？最初大概还会有自己的亲人费上九牛二虎的力量，费上不知多少天的努力，把地下室中受难者亲属的尸体挖掘出来，弄到墓地里去埋掉。可是时间一久，轰炸一频繁，原来在外面的亲属说不定自己也被埋在什么地方的地下室，等待别人去挖尸体了。他们哪有可能来挖别人的尸体呢？但是，到了上坟的日子，幸存下来的少数人又不甘不给亲人扫墓，而亲人的墓地就是地下室。于是马路两旁高楼断壁之下的地下室外垃圾堆旁，就摆满了原来应该摆在墓地上的花圈。我们来到汉诺威看到的就是这些花圈，这种景象在哥廷根是看不到的。最初我是大惑不解，了解了原因以后，我又感到十分吃惊，感到可怕，感到悲哀。据说地窖里的老鼠，由于饱餐人肉，营养过分丰富，长到一尺多长。德国这样一个优秀伟大的民族，竟落到这个下场。我心里酸甜苦辣，万感交集，真想到什么地方去痛哭一场。

汉诺威的情况就是这个样子。这当然是狂轰滥炸时“铺地毯”的结果。但是，即使是地毯，也难免有点空隙。在这样的空隙中还幸存下少数大楼，里面还有房间勉强可以办公。于是在城里无房可住的人，晚上回到城外乡镇中的临时住处，白天就进城来办公。瑞士驻汉诺威的代办处也设在这样一座楼房里。我们穿过无数的断壁残垣，找到办事处。因为我没有收到瑞士方面的正式邀请和批准，办事处说无法给我签发入境证。我算是空跑一趟。然而我却不但不后悔，而且还有点高兴：我于无意中得到一个机会，亲眼看一看所谓轰炸究竟真实情况如何。不然的话，我白白在德国住了十年，也自命经历过轰炸。哥廷根那一点轰炸，同汉诺威比起来，真如小巫见大巫。如没能看到真正的轰炸，将会抱恨终生了。

汉诺威是这样，其他比汉诺威更大的城市，比如柏林之类，被炸的情况略可推知。我后来听说，在柏林，一座大楼上面几层被炸倒以后，塌了下来，把地下室严严实实地埋了起来。地下室中有人在黑暗中赤手扒碎砖石，走运扒通了墙壁，爬到邻居的尚没有被炸的地下室中，钻了出来，重见天日。然而十个指头的上半截都已磨掉，血肉模糊了。没有这样走运的，则是扒而无成，只有呼叫。外面的人明明听到叫声，然而堆积如山的砖瓦碎石，一时无法清除。只能忍心听下去，最初叫声还高，后来则逐渐微弱，几天之后，一片寂静，结果可知。亲人们心里是什么滋味，他们是受到什么折磨，人们能想下去吗？有过这样一场经历，不入疯人院，则入医院。这样惨绝人寰的悲剧是号称“万物之灵”的人类自己亲手酿成的。难道不是这样的吗？

听到这些情况以后，我自然而然地就想到了原来的柏林，十年前和三年前我到过的柏林。十年前不必说了，就是在三年前，柏林是个什么样子呀！当时战争虽然已经爆发，柏林也已有过空袭，但是还没有被“铺地毯”，市面上仍然是繁华的，人们熙攘往来，还颇有一点劲头。然而转瞬之间，就几乎变成了一片废墟，这变化真是太大了。现在让我来描述这一个今昔对比的变化，我本非江郎，谈不到才尽，不过现在更加窘迫而已。在苦思冥想之余，我想出了一个偷巧的办法。我想借用中国古代辞赋大家的文章，从中选出两段，一表盛，一表衰，来做今昔对比。时隔将近两千年，地距超过数万里，情况当然是完全不一样的。然而气氛则是完全一致的，我现在迫切需要的正是描述这种气氛。借古人的生花妙笔，抒我今日盛衰之感怀。能想出这样移花接木的绝妙好法，我自己非常得意，不知是哪一路神仙在冥中点化，使我获得“顿悟”，我真想五体投地虔诚膜拜了。是否有文抄公的嫌疑呢？不，决不。我是付出了劳动的，是我把旧酒装在新瓶中的，我是偷之无愧的。

下面先抄一段左太冲《蜀都赋》：

亚以少城，接乎其西。市廛所会，万商之渊。列隧百重，罗肆巨千。贿货山积，纤丽星繁。都人士女，袨服靓妆。贾贸墆鬻，舛错纵横。异物崛诡，奇于八方。

上面列举了一些奇货。从这短短的几句引文里，也可以看出蜀都的繁华。这种繁华的气氛，同柏林留给我的印象是完全符合的。

我再从鲍明远的《芜城赋》里引一段：

观基扃之固护，将万祀而一君。出入三代，五百余载，竟瓜剖而豆分。泽葵依井，荒葛罥途。坛罗虺蜮，阶斗麏鼯……通池既已夷，峻隅又已颓。直视千里外，唯见起黄埃。凝思寂听，心伤已摧。

这里写的是一座芜城，实际上鲍照是有所寄托的。被炸得一塌糊涂的柏林，从表面上来看，与此大不相同。然而人们从中得到的感受又何其相似！法西斯头子们何尝不想“万祀而一君”。然而结果如何呢？所谓“第三帝国”被“瓜剖而豆分”了。现在人们在柏林看到的是断壁颓垣，“直视千里外，唯见起黄埃”了。据德国朋友告诉我，不用说重建，就是清除现在的垃圾也要用上五十年的时间。德国人“凝思寂听，心伤已摧”，不是很自然的吗？我自己在德国住了这么多年，看到眼前这种情况，我心里是什么滋味，也就概可想见了。

然而是我要走的时候了。

是我离开德国的时候了。

是我离开哥廷根的时候了。

我的真正的故乡向我这游子招手了。

一想到要走，我的离情别绪立刻就涌上心头。我常对人说，哥廷根仿佛是我的第二故乡。我在这里住了十年，时间之长，仅次于济南和北京。这里的每一座建筑，每一条街，甚至一草一木，十年来和我同甘共苦，共同度过了将近四千个日日夜夜。我本来就喜欢它们的，现在一旦要离别，更觉得它们可亲可爱了。哥廷根是个小城，全城每一个角落似乎都留下了我的足迹，我仿佛踩过每一粒石头子，不知道有多少商店我曾出出进进过。看到街上的每一个人都似曾相识。古城墙上高大的橡树，席勒草坪中芊绵的绿草，俾斯麦塔高耸入云的尖顶，大森林中惊逃的小鹿，初春从雪中探头出来的雪钟，晚秋群山顶上斑斓的红叶，等等，这许许多多纷然杂陈的东西，无不牵动我的情思。至于那一所古老的大学和我那一些尊敬的老师，更让我觉得难舍难分。最后但不是最小，还有我的女房东，现在也只得分手了。十年相处，多少风晨月夕，多少难以忘怀的往事，“当时只道是寻常”，现在却是可想而不可即，非常非常不寻常了。

然而我必须走了。

我那真正的故乡向我招手了。

我忽然想起了唐代诗人刘皂的《旅次朔方》那一首诗：

客舍并州已十霜，
归心日夜忆咸阳。
无端又度桑乾水，
却望并州是故乡。

别了，我的第二故乡哥廷根！

别了，德国！

什么时候我再能见到你们呢？

第三辑

茕茕孑立：
燕园耕耘

回到祖国

1946年至1949年

我于1945年秋，在待了整整十年之后，从哥廷根到了瑞士，等候机会回国。在瑞士 Fribourg 住了几个月，于1946年春夏之交，经法国马塞和越南西贡，又经香港，回到祖国。先在上海和南京住了一个夏天和半个秋天。当时解放战争正在激烈进行，津浦铁路中断，我有家难归。当时我已经由恩师陈寅恪先生介绍，北大校长胡适之先生、代理校长傅斯年先生和文学院院长汤锡予（用彤）先生接受，来北大任教。在上海和南京住的时候，我一点收入都没有。我在上海卖了一块从瑞士带回来的自动化的 Omega 金表。这在当时国内是十分珍贵、万分难得的宝物。但因为受了点骗，只卖了十两黄金。我将此钱的一部分换成了法币，寄回济南家中。家中经济早已破产，靠摆小摊，卖炒花生、香烟、最便宜的糖果之类的东西，勉强糊口。对于此事，我愧疚于心久矣。只是阻于战火，被困异域。家中盼我归来，如大旱之望云霓。现在终于历尽千辛万苦回来了，我焉能不首先想到家庭！家中的双亲——叔父和婶母，妻、儿正在嗷嗷待哺哩。剩下的金子就供我在南京和上海吃饭之用。住宿，在上海是睡在克家家中的榻榻米上，在南京是睡在长之国立编译馆的办公桌上，白天在台城、玄武湖等处游荡。我出不起旅馆费，我还没有上任，根本拿不到工资。

在这样的情况下，我无书可读，无处可读。我是多么盼望能够有一张哪怕是极其简陋的书桌啊！除了写过几篇短文外，一个夏天，一事无成。一个人的生命是有限的。古人说："一寸光阴一寸金，寸金难买寸光阴。"我自己常常说，浪费时间，等于自杀。然而，我处在那种环境下，又有什么办法呢？我真成了"坐宫"中的杨四郎。

我于1946年深秋从上海乘船北上，先到秦皇岛，再转火车，到了一别十一年的故都北京。从山海关到北京的铁路由美军武装守护，尚能通车。到车站去迎接我们的有阴法鲁教授等老朋友。汽车经过长安街，于时黄昏已过，路灯惨黄，落叶满地，一片凄凉。我想到了唐诗"落叶满长安"，这里的"长安"，指的是"长安城"，今天的西安。我的"长安"是北京东西长安街。游子归来，古城依旧，而岁月流逝，青春难再。心中思绪万端，悲喜交集。一转瞬间，却又感到仿佛自己昨天才离开这里。叹人生之无常，嗟命运之渺茫。过去十一年的海外经历，在脑海中层层涌现。我们终于到了北大的红楼。我暂时被安排在这里住下。

按北大当时的规定，国外归来的留学生，不管拿到什么学位，最高只能定为副教授。清华大学没有副教授这个职称，与之相当的是专任讲师。至少要等上几年，看你的教书成绩和学术水平，如够格，即升为正教授。我能进入北大，已感莫大光荣，焉敢再巴蛇吞象有什么非分之想！第二天，我以副教授的身份晋谒汤用彤先生。汤先生是佛学大师。他的那一部巨著《汉魏两晋南北朝佛教史》，集义理、辞章、考据于一体，蜚声宇内，至今仍是此道楷模，无能望其项背者。他的大名我仰之久矣。在我的想象中，他应该是一位面容清癯、身躯瘦长的老者，然而实际上却恰恰相反。他身着灰布长衫，圆口布鞋，面目祥和，严而不威，给我留下了十分深刻的印象。暗想在他领导下工作是一种幸福。过了至多一个星期，他告诉我，学校决定任我为正教授，兼文学院东方语言文学系的系主任。这实在是大大地出我意料。要说不高兴，那是过分矫情；要说自己感到真正够格，那也很难说。我感愧有加，觉得对我是一种鼓励。不管怎样，副教授时期之短，总可以算是一个纪录吧。

1950年至1956年

1949年迎来了新中国成立。当时我同北大绝大多数的教授一样，眼前一下子充满了光明，心情振奋，无与伦比。我觉得，如果把自己的一生分为两段或者两部分的话，现在是新的一段的开始。当时我只有38岁，还算不上中年，涉世未深，幻想特多，接受新鲜事物，并无困难。

我本来是一个性格内向的人，最怕同人交际，又是一个上不得台面的人。在大庭广众中、在盛大的宴会或招待会中，处在衣装整洁、珠光宝气的男女社交家或什么交际花包围之中，浑身紧张，局促不安，恨不得找一个缝钻入地中。看见有一些人应对进退，如鱼得水，真让我羡煞。但是命运或者机遇却偏偏把我推到了行政工作的舞台上，又把我推进了社会活动的中心，甚至国际活动的领域。

人民政府一派人来接管北大，我就成了忙人。一方面处理系里的工作。有一段时间，由于国家外交需要东方语言的人才，东语系成为全校最大的系。教员人数增加了十倍，学生人数增加了二百多倍，由三四人扩涨到了八百人。我作为系主任，其工作之繁忙紧张，概可想见。另一方面，我又参加了教授会的筹备组织工作，并进一步参加了教职员联合会的筹备组织工作。看来党组织的意图是成立全校的工会。但是，到了筹建教职员联合会这个阶段遇到了巨大的阻力：北大工人反对同教职员联合。当时“工人阶级必须领导一切”的口号喊得震天价响。教职员被认为是资产阶级的，哪里能同工人平起平坐呢？这样一来，岂不是颠倒了领导者与被领导者的地位！这哪里能行！在工人们眼中，这样就是“黄钟毁弃，瓦釜雷鸣”，是绝对不行的。幸而我国当时的最高领导人之一及时发了话：“大学教授不是工人，而是工人阶级。”有了“上头的”指示，工人不敢再顶。北大工会终于成立起来了。我在这一段过程中是活跃分子。我担任过北大工会组织部长、秘书长、沙滩分会主席，出城以后又担任过工会主席。为此我在“文化大革命”中还多被批斗了许多次。这是对我非圣无德行为的惩罚，罪有应得，怪不得别人。

当时北大常常请一些革命老前辈到沙滩民主广场来做报告，对我们进行教育。陈毅元帅就曾来过，受到全校师生极其热烈的欢迎。其次给我留下印象最深刻的是周扬同志的报告，记得不是在民主广场，而是在一个礼堂中。他极有风趣地说：“国民党的税多，共产党的会多。”他这一句话，从许多人口中都听到过，它确实反映了实际情况。一直到今天，半个世纪快要过去了，情况一点没有改变。有许多次领导上号召精简会议，然而收效极微。暂时收敛，立即膨胀，成为一个极难治疗的顽症。

学校秩序还没有十分安定，中央领导立即决定，在全国范围内开展“三反”“五反”、思想改造运动。

大家都知道，运动一来，首先就是开会，大会、小会、大会套小会，总而言之是会，会，会，会开得你筋疲力尽，一塌糊涂。在北大，在奉行极“左”路线的年代，思想改造，教授几乎是人人过关。自我检查，群众评议。这种自我检查，俗名叫“洗澡”。“洗澡”有“大盆”“中盆”“小盆”之别。校一级领导，以及少数同国民党关系比较亲密的教授们，自然必然是“大盆”。换言之，就是召开全校大会，向全校师生做自我检查。检查得深刻才能过关。深刻与否，全由群众决定。一次过不了关，再来第二次、第三次，一直检查到声泪俱下，打动了群众的心，这个“澡”才算洗完。有一位就在自己的检查稿上加上旁注：“哭！再哭！”成为一时的美谈。

我，作为一个知识分子，当然是“有罪”的。可惜罪孽还不够深重，地位也不够高，只能凑合着洗一个“中盆”。检查两次就通过了。我检查稿上没有注上“哭！”我也没有真哭，这样通过，算是顺利的了。

自己洗完了“澡”以后，真颇觉得神清气爽，心中极为振奋。我现在已经取得了资格，可以参加领导东语系的思想改造运动了，后来甚至于成了文、法两个学院的领导小组组长。秘书或副组长是法学院院长秘书余叔通同志，他曾是地下党员，是掌握实权的人物。这样一来，我当然更加忙碌了，表现出来就是开会越来越多了。白天开会，晚上开会，天天开会。

我真正陷入了会议的漩涡里了。

1957年至1965年

政治运动

我为什么把1957年作为这一个阶段之首，而又把1965年作为其末呢？对新中国成立后“阶级斗争”的历史稍有所了解的人都能明白，其中并无什么奥妙。这两个年头是两次最大的狂风骤雨之间的间歇阶段的一头一尾。头，我指的是1957年的反右运动，尾，我指的是1966年开始的“文化大革命”。两次运动都是中国人民亿金难买的极其惨痛的教训。

在反右斗争中，我处在一个比较特殊的地位上。一方面，我有一件红色的外衣，在随时随地保护着我，成了我的护身宝符。另一方面，我确实是十分虔诚地忠诚于党。即使把心灵深处的话“竹筒倒豆子”全部倒了出来，也决不会说出违碍的话。因此，这虽是一次暴风骤雨，对我却似乎是春风微拂。

学校虽然还没有正式宣布停课，但实际上上课已不能正常进行，运动是压倒一切的。我虽然是系主任，但已无公可办。

在运动初期，东语系由于有的毕业生工作分配有改行的现象，所以有一部分学生起哄闹转系。我作为一系之长，一度成为一部分学生攻击的对象，甚至出现了几次紧急的场面。幸而教育部一位副部长亲自参加了处理工作，并派一位司长天天来北大，同我一起面对学生，事情才终于得到了妥善的解决。我也就算是过了关，从此成了“逍遥派”。这个名词儿当时还没有产生，它在“文化大革命”中出现，我在这里不过借用一下而已。

我成了“逍遥派”，既不被批，也不批别人，逍遥自在，为所欲为。现在全校到处摆满了反击右派分子的战场，办公楼礼堂是最大的一个。此外离东语系最近，我有时候就坐在办公楼前的台阶上，听大礼堂中批右派分子的发言，其声清越，震动楼瓦。听腻了，便也念点书，也写点文章。我悠闲自在，是新中国成立后心理负担最轻的一段时间。至于传闻的每一个单位都有划右派的指标，这样的会我没有参加过，其详不得而知。“右派”是一类非常奇怪的人，官方语言是“敌我矛盾当作人民内部矛盾来处理”，其中玄妙到现在我也不全明白。可是被戴上了这一顶可怕的帽子的人，虽然手里还拿着一张选票，但是妻离子散者有之，家破人亡者有之，到头来几乎全平了反。不知道这乱哄哄的半年多，牺牲时间，浪费金钱，到底所为何来！

1958 年，又开始了“大跃进”，浮夸之风达到了登峰造极、骇人听闻的程度。每一亩地的产量——当然是虚构的、幻想的产量——简直像火箭似的上升。几百斤当然不行了，要上几千斤。几千斤又不行了，要上几万斤。当时有一句众口传诵的口号："人有多大胆，地有多大产。"把人的主观能动性夸张到了无边无际。当时苏联也沉不住气了，他们说："把一亩地铺上粮食，铺到一米厚，也达不到中国报纸上吹嘘的产量。"这本来是极为合情合理的说法，然而却遭到中国方面普遍的反对。我当时已经不是小孩子，已经四十多岁了，我却也深信不疑。我屡次说我在政治上十分幼稚，这又是一个好例子。听到"上面"说："全国人民应当考虑，将来粮食多得吃不了啦，怎么办？"我认为，这真是伟大的预见，是一种了不起的预见。我佩服得五体投地。

然而，现实毕竟不是神话。接着来的是三年自然灾害。人们普遍挨了饿，有的地方还饿死了人。人尽管挨饿，大学里还要运动，这一次是"拔白旗"。每一系选几个被拔的靶子，当然都是资产阶级知识分子，又是批判，又是检查。乱哄哄一阵之后，肚子照样填不饱。

到了1959年，领导上大概已经感觉到，"共产主义是天堂，人民公社是桥梁"，仿佛共产主义立即能够实现，里面颇有点海市蜃楼的成分，不切实际。于是召开庐山会议，原本是想反左的，但后来又突然决定继续反右。会议情况，大家都清楚的，用不着我再来说。于是又一路“左”下去。学校里依然不得安静，会议一个接一个。一直到1965年，眼光忽然转向了农村，要在农村里搞“四清运动”了。北大一向是政治最敏感的地方，几乎任何运动都由北大带头。于是我也跟着四清工作队到了南口。因为“国际饭店会议”还没有开完，所以我到南口比较晚。我们被分派到南口村去驻扎，我挂了一个工作队副队长的头衔，主管整党的工作。日夜操劳，搞了几个月。搞了一些案子，还逮捕了人。听说后来多数都平了反。我们的工作，虽然还不能说全是“竹篮子打水一场空”，然而也差不多了。我们在南口村待到1966年6月4日，奉命回校。此时“文化大革命”已经来势迅猛，轰轰烈烈地展开了，一场运动就此开始了。

我是在写“学术自述”，为什么老讲政治呢？原因我想谁心里都明白：学术研究很难离得开政治。不写政治环境，学术研究是没有法子写的。并不是我偏爱政治，然而不得不尔也。

我的学术研究

我仍然按照以上使用过的办法，按照年份顺序来叙述。但因为我在这一阶段，毕竟在会议的夹缝中写了一些可以够得上是学术的论文，我就不再像前一阶段一样，把所有我写的东西都罗列出来了。我那样做是有用意的，我的用意是在“示众”。这一点我在字里行间已经说得很清楚，不必再解释了。我从此以后，只写学术论文，散文、杂文等都在排除之列。

1957 年

这一年我写了两篇学术论文。《中印文化关系论丛》和《印度简史》出版。

1.《试论 1857 年—1859 年印度大起义的起因性质和影响》

1957 年是印度民族大起义的百年纪念。我为此写了这一篇论文。后来扩大成了一本专著：《1857 年—1859 年印度民族起义》，于 1958 年在人民出版社出版。在文中和书中，我利用了学习到的一点辩证法的知识，对这次大起义提出了一些新看法。

2.《中国纸和造纸法最初是否由海路传到印度去的？》

在我 1954 年写的那一篇关于中国纸和造纸法传入印度的文章中，我讲到纸是由陆路传入印度的。后来有人（算不上是什么学者）反对我的说法，主张纸是由海路传入印度的。我列举了不少论据，论证此说之不当。

1958 年

这一年，我写了三篇论文。

1.《印度文学在中国》

根据我平常阅读时所做的一些笔记，加以整理，按时间顺序排列开来，写成了这一篇文章。我在这里使用的“文学”这个词，完全是广义的，寓言、神话、小故事，以及真正的文学都包括在里面。印度文学传入中国，是多渠道的、长时间的。这篇文章中列举的材料，远远不够完全。以后在其他文章中，我还提到了这方面的问题。一直到今天，新材料仍时有发现，在这方面还大有可为。这篇文章，虽写于 1958 年，但是，由于个别领导人的极“左”思想的干扰，一直到 1980 年才发表出来。

2.《再论原始佛教的语言问题》

这一篇文章与第一篇性质不完全一样。第一篇是正面地阐明我的观点，这一篇则是一篇论争的文章。美国梵文学者佛兰克林·爱哲顿，毕生研究他称之为 Hybrid Sanskrit（混合梵语）的佛典语言。

他写的皇皇巨著《文法》和《字典》，材料极为丰富，应说是有贡献的。但是，他对我的一些论点，特别是语尾 U 的看法，持反对态度。研究学问有不同意见，是正常的，而且是值得欢迎的。但是，个人的观点必须持之有故，言之成理，无论如何也不能打自己的嘴巴。在 –arp>o，u 问题上，爱哲顿正是自己打自己的嘴巴。他先是否认，对《文法》中几个地方表示反对，但是到了最后却忽然说：“季羡林大概是对的。”这岂不是非常滑稽！他的观点究竟是什么呢？做学问难道能这样做吗？

3.《最近几年来东方语文研究的情况》

严格地说，这算不上是一篇学术论文。因为它材料颇多，也颇有用，所以列在这里。

1959 年

这一年只写了一篇勉强可以算作学术论文的文章。汉译《五卷书》出版。

《五四运动后四十年来中国关于亚非各国文学的介绍和研究》情况同 1958 年 3 相同。

1960 年

这一年总共写了一篇文章，勉强可以算作学术论文。

《关于〈优哩婆湿〉》

1961 年

这一年，我写了三篇学术论文。

1.《泰戈尔与中国》

原来这是一篇相当长的文章。1924 年泰戈尔访问中国。他曾访问了许多地方，包括北京、上海、济南、太原等大城市。我曾到图书馆中把他当时到过的城市的报纸，一一寻出，做了详细的抄录，编写了一个泰戈尔访华日程表，后因太烦琐，删去。这篇文章的命运同上面讲到的《印度文学在中国》一样，受到了极“左”思潮的干扰，虽写于本年，但一直到 1979 年才得以发表。泰戈尔向往进步，热爱中国，痛斥法西斯，鞭挞日本侵略，只因来华时与所谓“玄学鬼”接近了点，就被打入另册。“左”的教条主义之可怕，由此可见一斑。

2.《泰戈尔的生平、思想和创作》

这篇文章的命运与上一篇相同。虽写于1961年，但二十年后的1981年才得以发表。我在这里想讲一件与泰戈尔有关的事情。为了纪念泰戈尔诞生一百周年，出版了一套十卷本的《泰戈尔作品集》。为什么叫这样一个名字呢？为什么不顺理成章地称之为《泰戈尔作品选集》呢？主其事者的一位不大不小的分管意识形态工作的官员认真地说：“‘选’字不能用！一讲‘选’就会有选的人。谁敢选肯选泰戈尔的作品呢？”最后决定用《作品集》。仿佛这些译成汉文的泰戈尔的作品是从石头缝蹦出来似的，没有任何人加以挑选。这真是掩耳盗铃，战战兢兢，如临深履薄之举，实在幼稚可笑。没有人“选”，怎么能“集”呢？我亲自参加过这一件工作，所以知之颇详，现在写出来，也算是过去中国文坛上之花絮吧！现在这种事绝不会发生了。

3.《泰戈尔短篇小说的艺术风格》

这篇论文的运气比较好，写好立即发表了。

1962年

这一年，散文写了不少，学术论文勉强算数的只有两篇。汉译本《优哩婆湿》出版。

1.《〈优哩婆湿〉译本前言》

2.《古代印度的文化》

1963 年

情况与前一年相同，散文创作多，而学术论文只有两篇。

1.《关于巴利文〈佛本生故事〉》

2.《〈十王子传〉浅论》

1964 年

这一年没有学术论文。

1965 年

这一年有一篇学术论文。

《原始佛教的历史起源问题》

春满燕园

燕园花事渐衰。桃花、杏花早已开谢。一度繁花满枝的榆叶梅现在已经长出了绿油油的叶子。连几天前还开得像一团锦绣一样的西府海棠，也已落英缤纷、残红满地了。丁香虽然还在盛开，灿烂满园，香飘十里，但已显出疲惫的样子。北京的春天本来就是短的，“雨横风狂三月暮，门掩黄昏，无计留春住”。看来春天就要归去了。

但是人们心头的春天却在繁荣滋长。这个春天，同在大自然里的春天一样，也是万紫千红、风光旖旎的。但它却比大自然里的春天更美、更可爱、更真实、更持久。郑板桥有两句诗：“闭门只是栽兰竹，留得春光过四时。”我们不栽兰，不种竹，我们就把春天栽种在心中，它不但能过今年的四时，而且能过明年、后年、不知道多少年的四时，它要常驻在我们心中，成为永恒的春天了。

昨天晚上，我走过校园，四周一片寂静，只有远处的蛙鸣划破深夜的沉寂。黑暗仿佛凝结了起来，能摸得着，捉得住。我走着走着，蓦地看到远处有了灯光，是从一些宿舍的窗子里流出来的。我心里一愣，我的眼睛仿佛有了佛经上叫作“天眼通”的那种神力，透过墙壁，就看了进去。我看到一位年老的教师在那里伏案苦读。他仿佛正在写文章，想把几十年的研究心得写下来，丰富我们文化知识的宝库。他又仿佛是在备课，想把第二天要讲的东西整理得更深刻、更生动，让青年学生获得更多的滋养。他也可能是在看青年教师的论文，想给他们提些意见，共同切磋琢磨。他时而低头沉思，时而抬头微笑。对他说来，这时候，除了他自己和眼前的工作以外，宇宙万物都似乎不存在。他完完全全陶醉于自己的工作中了。

今天早晨，我又走过校园。这时候，晨光初露，晓风未起。浓绿的松柏，淡绿的杨柳，大叶的杨树，小叶的槐树，成行并列，相映成趣。未名湖绿水满盈，不见一条皱纹，宛如一面明镜。还看不到多少人走路，但从绿草湖畔，丁香丛中，杨柳树下，土山高头却传来一阵阵朗诵外语的声音。倾耳细听，俄语、英语、梵语、阿拉伯语等，依稀可辨。在很多地方，我只是闻声而不见人。但是仅仅从声音里也可以听出那种如饥似渴迫切吸收知识、学习技巧的炽热心情。这一群男女大孩子仿佛想把知识像清晨的空气和芬芳的花香那样一口气吸了下去。我走进大图书馆，又看到一群男女青年挤坐在里面，低头做数学或物理、化学的习题，也都是全神贯注，鸦雀无声。

我很自然地把昨天夜里的情景同眼前的情景联系了起来。年老的一代是那样，年轻的一代又是这样。还能有比这更动人的情景吗？我心里陡然充满了说不出的喜悦。我仿佛看到春天又回到园中：繁花满枝，一片锦绣。不但已经开过花的桃树和杏树又开出了粉红色的花朵，连根本不开花的榆树和杨柳也是满树红花。未名湖中长出了车轮般的莲花。正在开花的藤萝颜色显得格外鲜艳。丁香也是精神抖擞，一点也不显得疲惫。总之是万紫千红，春色满园。

这难道仅仅是我一个人的幻象吗？不是的。这是我心中那个春天的反映。我相信，住在这个园子里的绝大多数的教师和同学心中都有这样一个春天，眼前也都看到这样一个春天。这个春天是不怕时间的。即使到了金风送爽、霜林染醉的时候，到了大雪漫天、一片琼瑶的时候，它也会永留心中，永留园内，它是一个永恒的春天。

1962年5月11日

师生之间

我前后在北京住了二十多年，前一段是当学生，后一段是当老师。一直当到现在，而且看样子还要当下去。因此，如果有人问我，抚今追昔，在北京什么事情使我感触最深，我首先想到的就是师生之间的关系。

师生之间的关系是古老的关系了。在过去，曾把老师归入五伦，又把老师与天、地、君、亲并列，师道尊严可谓至矣尽矣。至于实际情况究竟怎样，余生也晚，没有亲身赶上，不敢乱说。

等到我上小学的时候，学校已经改成了新式的学校，不是从《百家姓》《三字经》念起，而是念人、手、足、刀、尺了。表面上，学生对老师还是很尊敬的。见了面，老远就鞠躬如也，像避猫鼠似的躲在一旁。从来也不给老师提什么意见，那在当时是不可能想象的。老师对学生是严厉的，“教不严，师之惰”，不严还能算是老师吗？结果是学生经常受到体罚，用手拧耳朵，用戒尺打手心，是最常用的方式。学生当然也有受不了的时候。于是，连十二三岁的中小学生也只好铤而走险，起来“革命”了。

我在中小学的时候，曾“革命”两次。一次是对一个图画教员。这人脾气暴烈，伸手就打人。结果我们全班团结一致，把教桌倒翻过来，向他示威。他知难而退，自己辞职不干了。这是一次成功的“革命”。另一次是对一个珠算教员。这人嗜打成性。他有一个规定，打算盘打错一个数打一戒尺。有时候，我们稍不小心就会错上成百的数，那后果就不堪设想了。我们决定全班罢课。可是，因为出了“叛徒”，有几个人留在班上上课。我们失败了，每个人的手心被打得肿了好几天。

到了大学，情况也并没有改变。因为究竟是大学生了，再不被打手心。可是老师的威风依然炙手可热。有一位教授专门给学生不及格。每到考试，他先定下一个不及格的指标。不管学生成绩怎样，指标一定要完成。他因此就名扬全校，成了“名教授”了。另一位教授正相反。他考试时预先声明，十题中答五题就及格，多答一题加十分。实际上他根本不看卷子，学生一交卷，他马上打分。无不及格，皆大欢喜。如果有人在他面前多站一会，他立刻就问：“你嫌少吗？”于是大笔一挥，再加十分。

至于教学态度，好像当时根本就没有这样的概念。教学大纲和教案，更是闻所未闻。教授上堂，可以信口开河。谈天气，可以；骂人，可以；讲掌故，可以；扯闲话，可以。总之，他愿意怎样就怎样，天上天下，唯我独尊，谁也管不着。有的老师竟能在课堂上睡着。有的上课一年，不和同学说一句话。有的在八个大学兼课，必须制定一个轮流请假表，才能解决上课冲突的矛盾。当然并不是每一个教授都是这样，勤勤恳恳、诲人不倦的也有。但是这种例子是很少的。

老师这样对待学生，学生当然也这样对待老师。师生不是互相利用，就是互相敌对。老师教书为了吃饭，或者升官发财。学生念书为了文凭。师生关系，说穿了就是这样。

终于来了 1949 年。这是北京师生关系史上划时代的一年，是值得大书特书的一年。

从这一年起，老师在变，学生在变，师生关系也在变。十四年来，我不知道经历过多少令人赞叹感动的事情。我不知道有多少夜因欢喜而失眠。当我听到我平常很景仰的一位老先生在七十高龄光荣地参加中国共产党的时候，我曾喜极不寐。当我听到从前我的一位十分固执倔强的老师受到表扬的时候，我曾喜极不寐。至于我身边的同事和同学，他们踏踏实实地向着新的方向迈进，日新月异。他们身上的旧东西愈来愈少，新东西愈来愈多。我每次出国，住上一两个月，回来后就觉得自己落后了。才知道，我们祖国，我们的老师和学生，是用着多么快速的步伐前进。

现在，老师上课都是根据详细的大纲和教案，这都是事前讨论好的，绝不能信口开河。老师们关心同学的学习，有时候还到同学宿舍里去辅导或者了解情况，备课一直到深夜。每当夜深人静我走过校园的时候，就看到这里那里有不少灯光通明的窗子。我知道，老师们正在查阅文献，翻看字典。要想送给同学一杯水，自己先准备下一桶。老师们谁都不愿提着空桶走上课堂。

而学生呢？他们绝大多数都能老师指到哪里，他们做到哪里。他们刻苦学习，认真钻研。我曾在一个黑板报上看到一个学生填的词，其中有两句："松涛声低，读书声高。"描写学生高声朗读外文的情景，是很生动的，也是能反映实际情况的。今天，老师教书不是为了吃饭，更不是为了升官发财。学生念书，也不是为了文凭。师生有一个共同的伟大的目标。他们既是师生，又是同志。这是几千年的历史上从来没有，也不可能有的现象。

如果有人对同学们谈到我前面写的情况，他们一定会认为是神话，或是笑话，他们绝不会相信的。说实话，连我自己回想起那些事情来，都有恍如隔世之感，何况他们从来没有经历过呢？然而，这都是事实，而且还不能算是历史上的事实，它们离今天并不远。抚今追昔，我想到师生之间的关系的变化而感慨万端，不是很自然吗？

想到这些，也是有好处的。它能使我们更爱新中国，更爱新北京，更爱今天。

我要用无限的热情歌颂新北京的老师，我要用无限的热情歌颂新北京的学生。

1963 年 4 月 7 日

我和北大图书馆

我对北大图书馆有一种特殊的感情，这种感情潜伏在我的内心深处，从来没有明确地意识到过。最近图书馆的领导同志要我写一篇讲图书馆的文章，我连考虑都没有，立即一口答应。但我立刻感到有点吃惊。我现在事情还是非常多的，抽点时间，并非易事。为什么竟立即答应下来了呢？如果不是心中早就蕴藏着这样一种感情的话，能出现这种情况吗？

山有根，水有源，我这种感情的根源由来已久了。

1946年，我从欧洲回国。去国将近十一年，在落叶满长安（长安街也）的深秋季节，又回到了北京。在北大工作，内心感情的波动是难以形容的，既兴奋，又寂寞；既愉快，又惆怅。然而我立刻就到了一个可以安身立命的地方，这就是北大图书馆。当时我单身住在红楼，我的办公室（东语系办公室）是在灰楼。图书馆就介乎其中。承当时图书馆的领导特别垂青，在图书馆里给了我一间研究室，在楼下左侧。窗外是到灰楼去的必由之路。经常有人走过，不能说是很清静。但是在图书馆这一面，却是清静异常。我的研究室左右，也都是教授研究室，当然室各有主，但是颇少见人来。所以走廊里静如古寺，真是念书写作的好地方。我能在奔波数万里、扰攘十几年，有时梦想得到一张一尺见方的书桌而渺不可得的情况下，居然有了一间窗明几净的研究室，简直如坐天堂，如享天福了。当时我真想咬一下自己的手，看一看自己是否在做梦。

研究室的真正要害还不在窗明几净——当然，这也是必要的——而在有没有足够的书。在这一点上，我也得到了意外的满足。图书馆的领导允许我从书库里提一部分必要的书，放在我的研究室里，供随时查用。我当时是东语系的主任，虽然系非常小，没有多少学生，但是麻雀虽小，五脏俱全，仍然有一些会要开，一些公要办，所以也并不太闲。可是我一有机会，就遁入我的研究室去，“躲进小楼成一统”，这地方是我的天下。我一进屋，就能进入角色，潜心默读，坐拥书城，其乐实在是不足为外人道也。我回国以后，由于资料缺乏，在国外时的研究工作，无法进行，只能有多大碗，吃多少饭，找一些可以发挥自己的长处而又有利于国计民生的题目，来进行研究。北大图书馆藏书甲全国大学，我需要的资料基本上能找得到，因此还能够写出一些东西来。如果换一个地方，我必如车辙中的鲋鱼那样，什么书也看不到，什么文章也写不出，不但学业上不能进步，长此以往，必将索我于鲍鱼之肆了。

作为全国最高学府的北京大学，我们有悠久的爱国主义的革命历史传统，有实事求是的学术传统，这些都是难能可贵的。但是，我认为，一个第一流的大学，必须有第一流的设备、第一流的图书、第一流的教师、第一流的学者和第一流的管理。五个第一流，缺一不可。我们北大可以说具备这五个第一流的。因此，我们有充分的基础，可以来弘扬祖国的优秀文化，为我国四化建设培养德才兼备的人才，对外为祖国争光，对内为人民立功，仰不愧于天，俯不怍于地，充满信心地走向光辉的未来。在这五个第一流中，第一流的图书馆更显得特别突出。北大图书馆是全国大学图书馆的翘楚。这是世人之公言，非我一个之私言。我们为此应该感到骄傲，感到幸福。

但是，我们全校师生员工却不能躺在这个骄傲上、这个幸福上睡大觉。我们必须努力学习，努力工作，像爱护自己的眼球一样，爱护北大，爱护北大的一草一木、一山一石，爱护我们的图书馆。我们图书馆的藏书盈架充栋，然而我们应该知道，一部一册来之不易，一页一张得之维艰。我们全体北大人必须十分珍惜爱护。这样，我们的图书馆才能有长久的生命，我们的骄傲与幸福才有坚实的基础。愿与全校同仁共勉之。

1991 年 11 月 6 日

梦萦红楼

沙滩的红楼时来入梦，我同它有一段颇不寻常的因缘。

1946 年深秋，我从上海乘船到了秦皇岛，又从那里乘火车到了北京，当时叫作北平。为什么绕这样大的弯子呢？当时全国正处在第二次革命战争中，津浦铁路中断，从上海或南京到北京，除了航空以外，只能走上面说的这一条路。

我们从前门外的旧车站下车。时已黄昏，街灯惨黄，落叶满街。我这个从远方归来的游子，心中又欢悦，又惆怅，一时说不清是什么滋味，忽然吟出了两句诗："秋风吹古殿，落叶满长安（长安街也）。"迎接我们的人，就先把我们安置在沙滩红楼。

提起红楼，真是大大的有名，这里是五四运动的发源地。遥忆当年全盛时期，中国近代学术史和文学史上的许多显赫人物，都曾在这里上过课。而今却是人去楼空。五层大楼，百多间房子，漆黑一片，只有我们新住进去的这几间房子给红楼带来了一点光明。日寇占领期间，这里是他们的一个什么司令部，地下室就是日寇刑讯甚至杀害中国人民的地方。现在日寇虽已垮台，逃回本国，传说地下室里时闻鬼哭声。我虽不信什么鬼神，但是，如今处在这样昏黄惨淡、凄凉荒漠的气氛中，不由得不毛骨悚然，似见凄迷的鬼影。

但是，我们真正怕的不是鬼，而是人。当时中国革命形势正处在转折关头。北京市民传说，在北京有两个解放区：一在北大民主广场，一在清华园。红楼正是民主广场的屏障，学生游行示威，都从这里出发，积久遂成为国民党市党部、军统北京站，还有什么宪兵团之类组织的眼中钉。他们经常从天桥一带收买一批地痞、流氓、无赖、混混，手持木棒，来红楼挑衅、捣乱，见人便打。我常从红楼上看到这一批雇来的打手，横七竖八地躺在原有的那一条臭水沟边，待命出击。我们住在楼上的人，白天日子还好过一点。我们最怕晚上。这一批暴徒，在光天化日之下，还敢手挥木棒，行凶肆虐，到了晚上，不更会肆无忌惮、为所欲为吗？有一段时间，楼上住的不多的人，天天晚上把楼内东头和西头的楼梯道用椅子堵塞，只留中间的楼梯，供我们上下之用，夜里轮流把守这楼道，在椅子群中，大有“一夫当关，万夫莫开”之势。但是，暴徒们终究没有进入红楼。当时传说，这应该归功于胡适校长，他同北平的国民党的最高头子约定：不许暴徒进北大。

这一段镇守红楼的壮举，到了今天，已经过去了半个多世纪。但是仍常有“红楼梦”。我逐渐悟出一个道理：凡是反动的政权和人物，比如张作霖、段祺瑞、国民党等，无不视北大如眼中钉、肉中刺。这是北大的光荣，这是北大的骄傲，很值得大书特书的。

1998年3月4日

第四辑

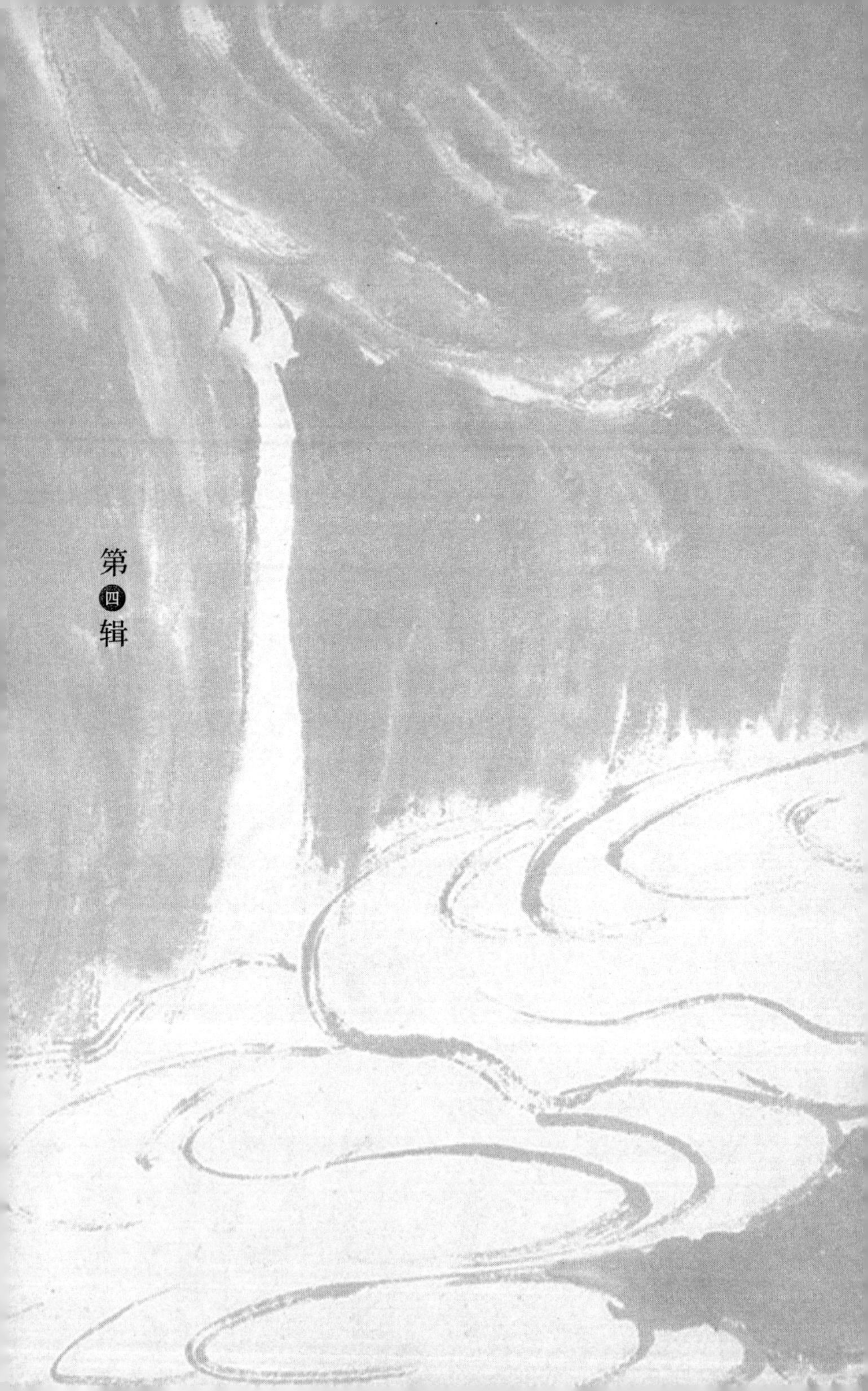

兀兀穷年：迟来的学术春天

春归燕园

凌晨，在熹微的晨光中，我走到大图书馆前草坪附近去散步。我看到许多男女大孩子，有的耳朵上戴着耳机，手里拿着收音机和一本什么书；有的只在手里拿着一本书，都是凝神潜虑，目不斜视，嘴里喃喃地朗诵什么外语。初升的太阳在长满黄叶的银杏树顶上抹上了一缕淡红。我们这些早晨八九点钟的太阳，面对着那一轮真正的太阳。我只感觉到满眼金光，却分不清这金光究竟是从哪里来的了。

黄昏时分，在夕阳的残照中，我又走到大图书馆前草坪附近去散步。我看到的仍然是那一些男女大孩子。他们仍然戴着耳机，手里拿着收音机和书，嘴里喃喃地跟着念。夕阳的余晖从另外一个方向在银杏树顶上的黄叶上抹上了一缕淡红。此时，我们这些早晨八九点钟的太阳，同西山的落日比起来，反而显得光芒万丈。

眼前的情景对我是多么熟悉然而又是多么陌生啊！

十多年以前，我曾在这风景如画的燕园里看到过类似的情景。当时我曾满怀激情地歌颂过春满燕园。虽然时序已经是春末夏初时节，但是在我的感觉中却仍然是三春盛时，繁花似锦。我曾幻想把这春天永远留在燕园内，“留得春光过四时”，让它成为一个永恒的春天。

然而我的幻想却落了空。跟着来的不是永恒的春天，而是三九严冬的天气。虽然大自然仍然岿然不动，星换斗移，每年一度，在冬天之后一定来一个春天，燕园仍然是一年一度百花争妍，万紫千红。然而对我们住在燕园里的人来说，却是“镇日寻春不见春”，宛如处在一片荒漠之中。不但没有什么永恒的春天，连刹那间春天的感觉也消逝得无影无踪了。当时我唯一的慰藉就是英国浪漫诗人雪莱的两句诗：

既然冬天到了，
春天还会远吗？

我坚决相信，春天还会来临的。

雪莱的话终于应验了，春天终于来临了。美丽的燕园又焕发出青春的光辉。我在这里终于又听到了琅琅的书声。而且在这琅琅的书声中我还听到了十多年前没有听到的东西，听到了一些崭新的东西。在这平凡的书声中我听到的难道不就是千军万马向四个现代化进军的脚步声吗？我听到的难道不就是向科学技术高峰艰苦而又乐观的攀登声吗？我听到的难道不就是那美好的理想的社会向前行进的开路声吗？我听到的难道不就是我们的青年一代内心深处的声音吗？不就是春天的声音吗？

眼前，就物候来说，不但已经不是春天，而且也已经不是夏天。眼前是西风劲吹、落叶辞树的深秋天气。“悲哉秋之为气也”，眼前是古代诗人高呼“悲哉”的时候。然而在这春之声大合唱中，在我们燕园里大图书馆前的草坪上，在黄叶丛中，在红树枝下，我看到的却是阳春艳景，姹紫嫣红。这些男女大孩子一下子变成了巨大的花朵，一霎时开满了校园。连黄叶树顶上似乎也开出了碗口大的山茶花和木棉花。红红的一片，把碧空都映得通红。至于那些“霜叶红于二月花”的霜叶，真的变成了红艳的鲜花。整个的燕园变成了一座花山，一片花海。

春天又回到燕园来了啊！

而且这个春天还不限于燕园，也不限于北京，不限于中国。它伸向四海，通向五洲，弥漫全球，辉映大千。我站在这个小小的燕园里，仿佛能与全世界呼吸相通。我仿佛能够看到富士山的雪峰，听到恒河里的涛声，闻到牛津的花香，摸到纽约的摩天高楼。书声动大地，春色满寰中，这一个无所不在的春天把我们连到一起来了。它还将不是一个短暂的春天。它将存在于繁花绽开的枝头，它将存在于映日接天的荷花上，它将存在于辽阔的万里霜天，它将存在于千里冰封、万里雪飘的严冬。一年四季，季季皆春。它是比春天更加春天的春天。它的踪迹将印在湖光塔影里，印在每一个人的心中。它将是一个真正的永恒的春天。

1979 年 1 月 1 日

天竺心影

初抵德里

机外是茫茫的夜空，从机窗里看出去，什么东西也看不见。黑暗仿佛凝结了起来，凝成了一个顶天立地的黑色的大石块。飞机就以每小时二千多里的速度向前猛冲。

但是，在机下二十多里的黑暗深处，逐渐闪出了几星火光，稀疏，暗淡，像是寥落的晨星。一转眼间，火光大了起来，多了起来，仿佛寥落的晨星一变而为夏夜的繁星。这一大片繁星像火红的珍珠，有的错落重叠，有的成串成行，有的方方正正，有的又形成了圆圈，像一大串火红的珍珠项链。

我知道，德里到了。

德里到了，我这一次远游的目的地到了。我有点高兴，但又有点紧张，心里像开了锅似的翻腾起来。我自己已经有二十三年的时间没有到印度来了。中间又经历了一段对中印两国人民来说都是不愉快的时期。虽然这一点小小的不愉快在中印文化交流的长河中只能算是一个泡沫，虽然我相信我们的印度朋友绝不会为这点小小的不愉快所影响，但是到了此时此刻，当我们乘坐的飞机就要降落到印度土地上的时候，我脑筋里的问号一下子多了起来。印度人民现在究竟想些什么呢？我不知道。他们怎样看待中国人民呢？我不知道。我本来认为非常熟悉的印度，一下子陌生起来了。

这不是我第一次访问印度，我以前已经来过两次了。即使我现在对印度似乎感到陌生，即使我对将要碰到的事情感到有点没有把握，但是我对过去的印度是很熟悉的，对过去已经发生的事情是很有把握的。

我第一次到印度来，已经是二十七年前的事情了。同样乘坐的是飞机，但却不是从巴基斯坦起飞，而是从缅甸；第一站不是新德里，而是加尔各答；不是在夜里，而是在白天。因此，我从飞机上看到的不是黑暗的夜空，而是绿地毯似的原野。当时飞机还不能飞得像现在这样高，机下大地上的一切都历历如在目前。河流交错，树木蓊郁，稻田棋布，小村点点，好一片锦绣山河。有时甚至能看到在田地里劳动的印度农民，虽然只像一个小点，但却清清楚楚，连妇女们穿的红绿沙丽都清晰可见。我虽然还没有踏上印度土地，但却似乎已经熟悉了印度，印度对于我已经不陌生了。

不陌生中毕竟还是有点陌生。一下飞机，我就吃了一惊。机场上人山人海，红旗如林。我们伸出去的手握的是一双双温暖的手。我们伸长的脖子戴的是一串串红色、黄色、紫色、绿色的鲜艳花环。我这一生还是第一次戴上这样多的花环。花环一直戴到遮住我的鼻子和眼睛。各色的花瓣把我的衣服也染成各种颜色。有人又向我的双眉之间、双肩之上，涂上、洒上香油，芬芳扑鼻的香气长时间地在我周围飘拂。花香和油香汇成了一个终生难忘的印象。

即使是终生难忘吧，反正是已经过去的事了。我第二次到印度来只参加了一个国际会议，不算是印度人民的客人。停留时间短，访问地区少，同印度人民接触不多，没有多少切身的感受。现在我又来到了印度。时间隔得长，中间又几经沧桑，世局多变。印度对于我就成了一个谜一样的国家。我对于印度曾有过一段从陌生到熟悉的过程，现在又从熟悉转向陌生了。

我就是带着这样一种陌生的感觉走下了飞机。因为我们是先遣队，印度人民不知道我们已经来了，因此不会到机场上来欢迎我们，我们也就无从验证他们对我们的态度。我们在冷冷清清的气氛中随着我们驻印度使馆的同志们住进了那花园般美丽的大使馆。

我们的大使馆确实非常美丽。庭院宽敞，楼台壮丽，绿草如茵，繁花似锦。我们安闲地住了下来。每天一大早，起来到院子里去跑步或者散步。从院子的一端到另一端恐怕有一两千米。据说此地原是一片密林。林子里有狼，有蛇，有猴子，也有孔雀。最近才砍伐了密林，清除了杂草，准备修路盖房子。有几家修路的印度工人就住在院子的一个角落上。我们散步走到那里，就看到他们在草地上生上炉子，煮着早饭，小孩子就在火旁游戏。此外，还有几家长期甚至几代在中国使馆工作的印度清扫工人，养花护草的工人，见到我们，彼此就互相举手致敬。最使我感兴趣的是一对孔雀。它们原来是住在那一片密林中的。密林清除以后，它们无家可归。夜里不知道住在什么地方。可是每天早晨，还飞回使馆来，或者栖息在高大的开着红花的木棉树上，或者停留在一座小楼的阳台上。见到我们，仿佛吃了一惊，连忙拖着沉重的身体缓慢地飞到楼上，一转眼，就不见了。但是，当我们第二天跑步或散步到那里的时候，又看到它们蹲在小楼的栏杆上了。

日子就这样悠闲地过去。我们的团长在访问了孟加拉国之后终于来到德里。当我到飞机场去迎接他们的时候，我的心情仍然是非常悠闲的，我丝毫也没有就要紧张起来的思想准备。但是，一走近机场，我眼前一下子亮了起来：二十七年前在加尔各答机场的情景又出现在眼前了。二十七年好像只是一刹那，中间那些沧海桑田，那些多变的世局，好像从来没有出现过。我看到的是高举红旗的印度青年，一个劲地高喊“印中是兄弟”的口号。恍惚间，仿佛有什么人施展了仙术，让我一下子返回到二十七年以前去。我心里那些对印度从陌生到熟悉又从熟悉到陌生的感觉顿时涣然冰释。我多少年来向往的印度不正是眼前的这个样子吗？

因为飞机误了点，我们在贵宾室里待的时间就长了起来。这让我非常高兴，我可以有机会同迎接中国代表团的印度朋友们尽兴畅叙。朋友中有旧知，也有新交。对旧知是“有朋自远方来，不亦乐乎”！对新交是“乐莫乐兮新相知”。各有千秋，各极其妙。但是，站在机场外面的印度人民，特别是德里大学和尼赫鲁大学的教师和学生，也不时要求我们出去见面。当然又是戴花环，又是涂香油。一回到贵宾室，印度的新闻记者，日本的新闻记者，还有一些不知道从哪儿来的新闻记者，以及电台录音记者、摄影记者，又一拥而上，相机重重，镁光闪闪，一个个录音喇叭伸向我们嘴前，一团热烈紧张的气氛。刚才在汽车上还保留的那种悠闲自在的心情一下子消逝得无影无踪了。对我来说，这真好像是一场遭遇战，然而这又是多么愉快而兴奋的遭遇战啊！回想几天前从巴基斯坦乘飞机来印度时那种狐疑犹豫的心情，简直觉得非常好笑了。我的精神一下子抖擞起来，投入了十分紧张、十分兴奋、十分动人、十分愉快的对印度的正式访问。

1979 年 10 月

在德里大学和尼赫鲁大学

我一生都在大学中工作，对大学有兴趣，是理所当然的，而别人也认为我是大学里的人。因此，我同大学，不管是国内的，还是国外的，发生联系，就是不可避免的了。

这也就决定了我到德里后一定要同那里的大学发生一些关系。

但我却绝没有想到，素昧平生的德里大学和尼赫鲁大学竟然先对我发出了邀请。我当然更不会想到，德里大学和尼赫鲁大学会用这样热情隆重到超出我一切想象的方式来欢迎我这个微不足道的人物。也许是因为我懂一点梵文和巴利文，翻译过几本印度古典文学作品，在印度有不少的朋友，又到过印度几次，因此就有一些人知道我的名字。但是实际上，尽管我对印度人民和印度文化怀有深厚的敬意，我对印度的了解却是非常肤浅的。

二十七年前，当我第一次访问印度的时候，尼赫鲁大学还没有建立，德里大学我曾来过一次。当时来的人很多，又是一个非常正式的场合，所以见的人多，认识的人少。加之停留时间非常短，又相隔了这样许多年，除了记得非常热闹以外，德里大学在我的印象中已颇为模糊了。

这一次旧地重游，到的地方好像是语言学科和社会科学学科所在地。因为怕我对这里不熟悉，拉吉波特·雷易教授特地亲自到我国驻印度大使馆来接我，并陪我参观。在门口欢迎我们的人并不多，我心里感到有点释然。因为事前我只知道，是请我到大学里来参观，没有讲到开会，更没有讲到要演讲，现在似乎证实了。然而一走进会场，却使我吃了一惊，那里完完全全是另一番景象。会场里坐满了人，门外和过道还有许多人站在那里，男女老少都有。里面显然还有不少的外国人，不知道是教员还是学生。佛学研究系的系主任和中文日文系的系主任陪我坐在主席台上。我心里有点打起鼓来。但是，中国古语说“既来之，则安之”，既然安排了这样一个环境，也就只好接受下来，不管我事前是怎样想的，到了此刻都无济于事。我的心一下子平静下来。

首先由学生代表致欢迎辞。一个女学生用印地语读欢迎辞，一个男学生用中文读。欢迎辞中说：

在德里大学的历史上，这是我们第一次欢迎北京大学的教授来访问。我们都知道，北京大学是中国的主要的大学之一，也是世界闻名的大学之一。它曾经得到“民主堡垒”的盛名。我们希望通过季羡林教授的访问在北京大学和德里大学之间建立一座友谊的桥梁。我们希望从今以后会有更多的北京大学的学者来访问德里大学。我们也希望能有机会到北京大学去参观、学习。

欢迎辞中还说：

中国跟印度有两千年的友好往来。印度佛教徒图澄、鸠摩罗什·普提达摩跟成百的其他印度人把印度文化的精华传播到中国。四十年前，印度医生柯棣华、巴苏华跟其他医生，不远千里去到中国抗日战争前线治疗伤病员。柯棣华大夫为中国人民的解放事业贡献出自己的生命。同样，中国的佛教徒法显、玄奘跟义净已经变成印度老幼皆知的名字。他们留下的记载对印度历史的研究做出了卓越的贡献。

这些话使我们在座的中国同志都感到很亲切，使我们很感动。长达几千年的传统的友谊一下子把我们的心灵拉到一起来了。

学生代表致过欢迎辞以后，佛学研究系系主任辛格教授又代表教员致辞。他首先用英文讲话，表示对我们的欢迎，接着又特地用梵文写了一首欢迎我的诗。在这里，我感觉到，所有这一切都不只是对北京大学的敬意，而是对中国所有大学的敬意，北京大学只不过偶尔作为象征而已。当然更不是对我个人的欢迎，而是对新中国所有大学教员和学员的欢迎，我只不过是偶尔作为他们的象征而已。

然而，当这样一个象征，却也并非易事。主人致过欢迎辞以后，按照国际上的不成文法，应该我说话了。我的心情虽然说是平静了下来，但是要说些什么，却是毫无准备。当主人们讲话的时候，我是一方面注意地听，一方面又紧张地想。在这样一个场合，应该说些什么呢？说什么才算是适宜得体呢？我对于中印文化交流的历史曾做过一些研究，积累过一些资料。我也知道，印度朋友最喜欢听的也是这样的历史。我临时心血来潮，决定讲一讲中印文化交流从什么时候开始的问题。这是一个争论颇多的问题。我有我自己的一套看法，我就借这个机会讲了出来。我不同意那种认为中印文化交流开始于佛教的传入的说法，也就是说，中印文化交流始于公元一世纪。我认为要早得多，至少要追溯到公元前三四世纪的屈原时代。在屈原的《天问》中有“顾菟在腹”这样一句话。“顾菟”虽然有人解释为“蟾蜍”，但汉以来的注释都说是兔子。月亮里有兔子的神话在印度极为流行。唐玄奘《大唐西域记》卷第七婆罗痆斯国就有三兽窣堵波的记载：

劫初时，于此林野，有狐、兔、猿，异类相悦。时天帝释欲验修菩萨行者，降灵应化为一老夫，谓三兽曰："二三子善安隐乎？无惊惧耶？"曰："涉丰草，游茂林，异类同欢，既安且乐。"老夫曰："闻二三子情厚意密，忘其老弊，故此远寻。今正饥乏，何以馈食？"曰："幸少留此，我躬驰访。"于是同心虚己，分路营求。狐沿水滨，衔一鲜鲤，猿于林树，采异花果，俱来至止，同进老夫。惟兔空还，游跃左右。老夫谓曰："以吾观之，尔曹未和。猿、狐同志，各能役心，惟兔空还，独无相馈。以此言之，诚可知也。"兔闻讥议，谓狐、猿曰："多聚樵苏，方有所作。"狐、猿竞驰，衔草曳木，既已蕴崇，猛焰将炽。兔曰："仁者。我身卑劣，所求难遂，敢以微躬，充此一餐。"辞毕入火，寻即致死。是时老夫复帝释身，除烬收骸，伤叹良久，谓狐、猿曰："一何至此！吾感其心，不泯其迹，寄之月轮，传乎后世。"故彼咸言，月中之兔，自斯而有。

在汉译佛典里面，这个故事还多次出现。根据种种迹象，这个神话可能就源于印度，然后传入中国，写入屈原的著作中。那么中印文化交流至少已有二千三四百年的历史。如果再说到二十八宿，中印都有这个名称，这个历史还可能提前许多年。总之，我们两国的文化交流源远流长，至今益盛，很值得我们两国人民引为骄傲的了。

我这一番简单的讲话显然引起了听众的兴趣。欢迎会开过之后，我满以为可以参观一下，轻松一下了。然而不然。欢迎会并不是高潮，高潮还在后面。许多教员和学生把我围了起来，热烈地谈论中印文化交流的问题。但是他们提出的问题又不限于中印文化交流。有的人问到四声、反切。有的人问到中国古代有关外国的记载，比如《西洋朝贡典录》之类。有的人甚至问到梵文文学作品的翻译。有的人问到佛经的中译文。有的人甚至问到人民公社，问到当前的中国教育制度，等等，等等。实际上我对这些东西都只是一知半解。可能是由于多年没有往来，今天偶尔碰到我这样一个人，印度朋友们就像找到一本破旧的字典，饥不择食地查问起来了。

但是，印度朋友们也并不光是想查字典，他们还做一些别的事情。有的人递给我一杯奶茶。有的人递给我一碟点心。有的人拿着笔记本，让我签上名字。有的人拿着照相机来照相。可是，实际却茶也喝不成，点心也吃不成，因为很多人同时挤了上来，许多问题从不同的嘴里，同时提了出来。只有一个眼观六路耳听八方的人才能应付裕如，我却绝非其人。我简直幻想我能够像《西游记》上的孙悟空那样，从身上拔下许多毫毛，吹一口气，变成许许多多的自己，来同时满足许多印度朋友不同的五花八门的要求。当然这只是一种幻想。我只是一个肉身的人，不是神仙，我只剩下出汗的本领，只有用满头大汗来应付这种局面了。

但是，我心里是愉快的。印度朋友们渴望了解新中国的劲头，他们对中国来宾招待的热情，所有那一天到德里大学去的中国同志都深深地被感动了。我自己是首当其冲，内心的激动更无法细说。但是，我内心里又有点歉然，觉得自己知道的东西实在太少，完全不能满足热情的印度朋友对我的要求和期望。拉吉波特·雷易教授很有风趣地说："整个校园都变得发了疯似的了！"情况确实是这个样子。整个校园都给浓烈的中印友谊的气氛所笼罩了。

我万万没有想到，在忙碌了一早晨之后到德里大学餐厅去吃午饭的时候，竟然遇到了中国人民的老朋友、印度著名的经济学家吉安·昌德教授。50年代初，我们访问印度的时候，他曾招待过我们。在新德里和加尔各答，都受到他热情的欢迎。后来他又曾访问过中国，好像还会见了毛主席和周总理。他一直从事促进中印友好的工作。但是在过去二十多年的漫长的时间内，我几乎没有听到他的消息。说句不好听的话，我以为像他那样大的年龄，恐怕早已不在世上了。谁知道他竟像印度神话里讲的某一个神灵那样，突然从天上降落到人间，今天站在我的面前了。这意外的会面更提高了我本来已经很高的兴致，也使我很激动。以他这样的高龄，腿脚又已经有点不方便，由一个人搀扶着，竟然还赶到大学里来会见我们这些中国朋友，怎能不令人激动？我握住了他的手，笑着问他高寿，他很有风趣地说："我刚刚才八十六岁。"这话引得旁边的人都大笑起来，他自己也笑了起来，笑得像一个年轻人那样天真，那样有力。我知道，这一位老人并不服老。为了印度人民，为了中印两国人民的友好，他将硬朗地活下去。我们也希望这一位"刚刚才八十六岁"的老而年轻的人活下去，我衷心祝愿他长寿！

隔了一天，我们又应邀到尼赫鲁大学去参观访问。情况同在德里大学差不多，也是先开一个欢迎会，同大家见见面。礼堂里挤了大概有千把人，掌声不断，情绪很高昂。所不同的只是，这里的学生用中文唱了中国歌。在万里之外，竟能听到中国歌，仿佛又回到了祖国，我们当然感到很亲切，兴致一下子就高涨了起来。同我一起坐在主席台上的除了学校领导和教授之外，还有学生会主席，他是一个年纪不到二十岁的男孩子。别人告诉我，他已经是第三次连选连任学生会主席了。这个大孩子，英俊、热情、机敏、和蔼。他似乎是无拘无束地陪我们坐在那里，微笑从来没有离开他的脸。主人们致辞以后，又轮到我讲话。然后是赠送礼物，鼓掌散会，进行参观。学校里刚进行过学生会改选工作，我们所到之处，墙上都贴满了标语、传单，上面写着："选某某人！""反对某某人！"看来这里的民主气氛还是比较浓的。我们会见了许多领导人，什么副校长，什么系主任，都是亲切、和蔼、热情、友好。我们参观了许多高楼大厦，许多部门，其中包括图书馆。馆中藏有不少的中文书，给我留下了深刻的印象。他们有不少的微型胶卷。据说全套的《人民日报》和其他一些中国报刊，他们都有。中国古代的典籍他们收藏也很丰富。总之，图书馆的收藏与设备给我们留下了深刻的印象。我们所到之处，也都受到热情友好的招待。大学的几位领导人，一直陪同我们参观。那一位年轻的学生会主席也是寸步不离，一直陪同我们。到了将要分手的时候，他悄悄地对我说："我真是非常想到中国去看上一看！"我觉得，这绝不是他一个人的愿望，而是广大印度青年的共同愿望。在以后的访问过程中，我在印度许多城市，遇到了无数的印度男女青年，他们都表示了同样的愿望。正如我国的青年也愿意访问印度、了解印度一样，印度青年的这种愿望，我是完全能理解的。我衷心祝愿这位年轻的学生会主席的愿望能够早日实现！

又隔了一天，我又应邀到尼赫鲁大学去参加现代中国研究会的成立典礼。

我又万没有想到，在这时竟然遇到了另一位中国人民的老朋友，印中友好协会的主席，已达耄耋高龄的九十四岁的森德拉尔先生。他曾多次访问过中国，受到过毛主席的接见。他把毛主席接见他时合影的照片视若珍宝，回印后翻印了数万张，广为散发。1955 年我第二次访问印度的时候，他那时已届七十高龄，然而仍然拄着拐杖亲自到机场去迎接我们。他一生为促进中印友好而努力。在中印友谊的天空里暂时出现乌云的日子，这一位老人始终没有动摇过。“岁寒，然后知松柏之后凋也”，他经受住了考验，他坚信中印友好是人心所向，大势所趋，总有一天会拨开浓雾见青天的。他胜利了。今天我们中国友好代表团又到了印度。当我在尼赫鲁大学见到他的时候，虽然我自己也已经有了一把子年纪，但是同他比起来还要小几乎三十岁，无怪在他的眼中我只能算是一个小孩子。他搂住我的脖子，摸着我的下巴颏儿，竟像一个小孩一般地呜呜地哭起来。我们的团长王炳南同志到他家里去拜望他的时候，他也曾哭过，他说：“我今年九十多岁了。但请朋友们相信，在印中两国没有建立完全的友好关系之前，我是决不会死去的！”如果我也像问吉安·昌德教授那样问他的年龄，他大概也会说：“我刚刚才九十四岁。”在以后我在德里的日子里，我曾多次遇到这一位老人，他每会必到，每到必发言，每发言必如悬河泻水，滔滔不绝。如果没有人请他休息，他会不停地说下去的。我真不知道，这个个儿不大的小老头心中蕴藏了多少对中国人民的友谊，蕴藏着多少刚毅不屈的精神。他在我眼中真仿佛成了印度人民的化身，中印友好的化身。我也祝愿他长寿，超过一百岁。即使中印完全建立了友好关系，他也不会死去。

总之，我在德里大学和尼赫鲁大学不但遇到了对中国热情友好的年轻人，也遇到了对中国友好的、多次访问过中国的、为中印友好而坚贞不屈的老年人。老年人让我们回忆到过去，回忆起两千多年的历史。年轻人让我们看到未来，看到我们的友谊将会持续下去，再来一个两千多年，甚至比两千多年更长的时间。

1979 年 2 月 24 日

国际大学

我怎样来描绘国际大学留给我的印象呢？这个名字是紧密地同印度大诗人泰戈尔的名字联系在一起的，而我又是在学生时代见到过泰戈尔的一个人。因此谈一谈国际大学，对我来说好像就是责无旁贷、义不容辞了。

1951 年，我第一次访问印度，曾在圣地尼克坦国际大学住了两夜，就住在泰戈尔的故居叫作北楼的一座古旧的房子里。第二天一大早，我起来到楼外去散步。楼外是旭日乍升，天光明朗，同楼内形成了鲜明的对比。参天的榕树，低矮的灌木，都葱葱郁郁，绿成一团。里面掺杂着奇花异草，姹紫嫣红。我就在这红绿交映中，到处溜达，到处流连。最引起我的注意的是泰戈尔生前做木匠活的一些工具，如斧头、刨、锯之类。眼前一亮，我瞥见在我身后小水池子里，正开着一朵红而大的水浮莲，好像要同朝阳争鲜比艳。

又过了二十多年。我又带着对那一朵水浮莲的回忆到国际大学来访问了。

在路上，我饱览了西孟加拉的农村景色。马路两旁长着古老的榕树，中间间杂着高大的木棉树。大朵的红花开满枝头，树下落英缤纷，成了红红的一堆。我忽然想起了王渔洋的诗句："好是日斜风定后，半江红树买鲈鱼。"我知道，这里说的红树指的是经霜的枫树，与木棉毫不相干。但是，两者都是名副其实的红树，两者都是我所喜欢的，因而就把它们联想在一起了。我喜欢我心中的红树。

猛然间从路旁的稻田和菜田里惊起了一群海鸥似的白色的鸟，在绿地毯似的稻田上盘旋了几圈以后，一下子翻身飞了上去，排成一列长队，飞向遥远的碧空，越飞越小，最后只剩下几星白点，没入浩渺的云气中。我立刻又想到杜甫的诗句："江湖多白鸟，天地有青蝇。"我并不知道，杜甫所说的白鸟究竟是什么东西。但是，我眼前看到的确实是白鸟，我因而又把它们联想在一起了。我喜欢我心中的白鸟。

快到圣地尼克坦的时候，汽车正要穿过一个十字路口，突然从两旁跑出来了一大群人，人人手持红旗，高呼口号。这是等候着拦路欢迎我们的印度朋友。我们下车，同他们握手、周旋，又上车前进。但是，走了很短一段路，路两旁又跑出来了一大群人。又是人人手执红旗，高呼口号。我们又下车，同他们握手、周旋，然后上车前进。就这样，当我们的旅程快要结束的时候，我突然从大自然回到了人间，感受到印度人民的友情。

圣地尼克坦到了。这时候，大学副校长、教员和学员、中国学院的教员和学员，已经站在炎阳下，列队欢迎我们，据说已经等了很长的时间。接着来的是热情的招待会和茶会，热情的握手和交谈。西孟政府的一位部长特地从加尔各答赶了来，在一个中学里为我们举行了盛大的欢迎会。紧跟着是参观中国学院。我万没有想到，在万里之外，竟会看到我们敬爱的周总理的手迹。我的眼睛突然亮了起来，心里热乎乎的。我们匆匆吃过晚饭，又到大草坪去参加全校的欢迎大会，会后又欣赏印度舞蹈，到副校长家去拜访。总之，整个下午和整个晚上，一刻也没有停，忙得不可开交。

第二天一大早，我就起来到室外散步。我念念不忘，想寻觅那一朵水浮莲。不但水浮莲看不到，连那一个小水池子也无影无踪了。我怅望着参天的榕树和低矮的灌木，心里惘然。我们参观了学生上朝会和在大榕树下面席地上课以后，就去参观泰戈尔展览馆。展览馆是一座新建的漂亮的楼房。有人告诉我，这地址就是以前的北楼，我的心一跳，一下子回到了二十年前去。我仿佛看到老诗人穿着他那身别具风格的长袍，白须飘拂，两眼炯炯有神，慢步走在楼梯上，房间中，草地上，树荫下。他嘴里曼声吟咏着新作成的诗篇。我仿佛听到老诗人在五十多年前访问中国时对中国人民讲的话：“印度认为你们是兄弟，她把她的爱情送给了你们。”“在亚洲，我们必须团结起来，不是通过机械的组织的办法，而是通过真诚同情的精神。”“现在仍然持续着的这个时代，必须被描绘成为人类文明中最黑暗的时代。但是，我并不失望，有如早晨的鸟，甚至当黎明还处在朦胧中时，它就高唱，宣布朝阳的升起，我的心也宣布伟大的未来将要来临，它已经来到我们身旁。我们必须准备去迎接这个新时代。”

老诗人离开我们已经很久很久了。但是他在印度人民心中，特别是在孟加拉人民心中的影响还是存在的。他对中国人民的深情厚谊已经在别人的心中生了根，发了芽。我无论如何也忘不掉我二十多年前第一次访问印度时一位年轻的孟加拉诗人那歌唱新中国的热情奔放的诗句：

而现在铃声响了，
它为我而响。
它把我的热爱之歌响给你们听，
中国，我的中国。

它唱着你那和平幸福的新生活，

中国，我的中国。

它响在人类解放的黎明中，

从许多世纪古老的奴役中解放出来，

中国，我的中国。

而现在这铃声把我的敬礼传给你，

中国，我的中国。

如果我现在就借用这样的诗句来描绘国际大学和泰戈尔给我的印象，难道说不是很恰当的吗？加尔各答是我们这次访问的最后一站，就让这些洋溢着无量热情的诗句永远留在我们的记忆中吧！

同声相求——参加印度蚁垤国际诗歌节有感

嘤其鸣矣，

求其友声。

——《诗经·小雅·伐木》

二月末的新德里，虽然今年气温偏高，到处繁花似锦，绿草如茵，在印度人心目中，正是春光明媚的大好时节。正在此时，两个国际性的盛会在这里召开，其中之一就是蚁垤国际诗歌节。

顾名思义，这个会的唯一内容是诗歌。来自全世界二十八个国家的六七十名代表，聚集一堂，群贤毕至，少长咸集，相向朗诵自己的诗作。这样命名、有这样多国家参加的大会据说是空前的。印度总统和副总统，以及各国使节都亲临参加，其重要性可以想见。

参加大会的人，肤色不同，语言各异，政治信念也不相同。但有一点却是共同的，这就是，大家都是诗人。就算都是诗人吧，大家对诗歌的理解，对诗歌的作用的看法也不尽相同。但也有一点是共同的，这就是印度总统在给印度与世界文学国际讨论会的祝词中所表达的信念：保卫世界和平，促进彼此的了解。

我从来不是诗人，但是我从来就喜欢诗歌，中国的和外国的我都喜欢。给自己脸上涂点金，就称作“门外诗人”吧。我自己是以“门外诗人”的资格来参加这一个国际诗歌节的。“门外诗人”毕竟不是诗人，我最初对这些诗人的做法有点感到奇怪：他们不把自己关在庄严典雅的会议厅里，行礼如仪，点名发言，循规蹈矩，彬彬有礼，而是走出大厅，在尼赫鲁总理故居的大花园里碧绿的草地上搭起了凉棚，在大自然的怀抱中，朗诵诗篇。我一走进凉棚，就为这自然环境所感染，内心的境界似乎提高了一步，更接近诗人，对诗人的做法深表同意了。

但是，就是这样，诗人们还认为同大自然接近不够。主其事者援引诗翁泰戈尔的做法，建议走出凉棚，干脆坐在大树下，草地上。大家立即同意，在极其宽敞的大草地选了一个合适的地点。在离这里不远的一块草坪里，点燃着一团长明的圣火，大概是为了纪念已故总理尼赫鲁的。太阳在蔚蓝的天空里发出光辉，大树和棕榈树的阴影落在我们身上，暮春的风从百花丛中吹出，带着芬芳的香气，知名的和不知名的大鸟和小鸟在树枝上歌唱、跳跃。在下面，各国的男女诗人引吭朗诵，声音回荡在绿树丛中，百花枝头。小鸟呢喃的鸣声与诗人高亢的诵诗声上下唱和，人与大自然浑然一体，借用一个也许是不太恰当的词儿，大有天人合一之概了。

一说到鸟，我就难免有一些感慨。现在在北京，有些鸟几乎已经成为稀有动物。就拿北京大学来说吧，此地极饶林泉之胜，过去鸟是非常多的。可是近几年来，一方面由于污染，一方面由于滥杀滥捕，连最常见的、有的甚至惹人厌烦的麻雀都少见了，稀有的鸟更不用说了。在印度情况却正相反。由于宗教信仰，印度人民不杀生，鸟类自然包括在内。连顽皮孩子也不会捕捉、杀害任何一只鸟。在几千年的长时期中，鸟类已经同人类有了默契，知道人类不会伤害自己，因而不存戒心。新德里空气污染也是严重的。当我住在迦腻色迦旅馆十二层楼上时，开窗一望，烟尘滚滚。但是，老鹰和鸽子等却在烟尘中自在飞翔，宛如飞翔在云中一般。每天我一开窗子，鸽子就会成双成对地飞进屋中，傲然坦然，旁若无人。它们躲在沙发下面，咕咕地叫个不停，大概是在谈情说爱吧。诗人们朗诵诗的尼赫鲁故居的大花园当然更成了鸟的天堂。此时，鸟儿们似乎心领神会，知道是诗人们诵诗，歌唱得更加起劲。诗人们也似乎心领神会，兴会无前。我自己身处其间，似乎进一步受到感染，虽非诗人，胸中却诗意盎然，更接近一个诗人了。

大家都知道，在古今中外的诗歌中，鸟儿占有极其重要的地位。我们甚至可以说，离开鸟儿，有些诗就写不出。中国旧诗词里有许多与鸟有关的名句，例如："鸟鸣山更幽""众鸟高飞尽""时鸣春涧中""处处闻啼鸟""兴阑啼鸟尽"等。有的诗词说出了某一种具体的鸟，例如："落花人独立，微雨燕双飞"等。这样的例子是举不胜举的。诗歌真是同鸟结下了不解的缘分。缺了鸟，有些诗人就缺了灵感。我因此大发杞忧。鸟儿们在现在中国的处境如果任其发展下去，至少有一些鸟会陷入绝种的危险。到那时候，我们的诗歌会受到威胁，这是显而易见的了。

这也许只是我个人的胡思乱想，其他国家的诗人未必会有这样的想法。据我的观察，诗人们尽管语言多么不同，诗歌的内容多么不同，政治信念多么不同，但是他们的感情是融洽的，相处是欢乐的。他们通过诗歌求其友声，同声相求。即使难免有一些细微的不协调，但是在保卫世界和平、增强相互了解这个巨大的友声面前，大家目标一致，信念相同，共同的语言越来越多了。

我再说一句，我不是诗人，参加这样的诗歌节，只能说是滥竽充数。主人一再邀请我朗诵诗歌，我都婉谢。但是，我自己感觉到，在新德里这样有八节长春之草、四时不谢之花的地方，又有世界各地的诗人，在诗歌友声的熏陶下，我心中的诗意日益高涨。如果这个国际诗歌节能延长到半年、一年，我自己难道不也会变成一个诗人吗？我在探讨这个问题。

1985年3月18日

尼泊尔随笔

游巴德岗故宫和努哈曼多卡宫

出加德满都，汽车行驶约三十公里，来到了巴德冈故宫广场。

当年尼泊尔河谷曾经分为三国，这里是一国的首都。我无论如何也难以理解，在这样一条窄狭的河谷里竟然能容下三个国家。他们之间鸡犬之声相闻，打起仗来，怎样能摆开阵势呢？想到中国的三国，相距千里，中阻长江大河，崇山峻岭，一旦交兵，或则舳舻蔽江，投鞭断流，或则火烧连营七百里，那是一种什么样的场面，又是一种多么大的气势呢？

这故宫广场不算太大，也不方方正正。这里有一所国家艺术画廊，是一所古老的建筑。外面墙上、窗子上有非常精美的木雕。木雕是尼泊尔人民民间艺术的精华，颇能表现出尼泊尔民间艺人的艺术水平。木雕的内容大概不外是神话故事、佛像和印度教的神像，以及天然景物，树木花卉、鸟兽虫鱼之类，看上去姿态生动逼真，细致而又繁复。

在广场周围有许多尼泊尔著名的宫殿和庙宇，有金门，有五十五扇精雕细琢的窗子，还有尼亚塔波拉庙，即所谓五层塔，是名闻遐迩的古代建筑，也是尼泊尔最高的寺庙建筑。另外还有一座独木庙，叫作被达塔特拉亚庙，据说是用一棵无比巨大的大树建成的，迄今已有五百年的历史了。

这些古代庙宇对我这个初来尼泊尔的人来说都是非常新奇的、可爱的，但是，说也奇怪，我最感兴趣的还是这里的人民。因为警卫森严，其他参观游览者都被阻在一条警卫线以外，那里万头攒动，伸长了脖子，看我们这一群“洋鬼子”。在那些人里面，我看到了几个碧眼黄发的真正的“洋鬼子”，高高耸立在尼泊尔人群之上，手执照相机，拼命在那里抢几个十分难得的镜头。

但是最让我感动的却是一个约莫只有五六岁的小男孩。尼泊尔的警察规定，住在街道两边的住户决不允许跨出门限。这个小男孩和他的母亲就站在门限以内，双手合十，装出十分严肃的样子，瞅着我们。我一转瞬瞥见了这个小男孩，觉得十分有趣，也连忙双手合十，对他说了一声“Namas te（向你致敬）！”小孩腼腆一笑，竟然也说了一声“Namas te”。

这是一件只发生在几秒钟以内的小事，然而却将使我终生不忘。这个小男孩人小作用大，他对中国人民由衷的感情，真使我万分感动。

过了一天，我们又去参观哈奴曼多卡宫，这也是一座古老的王宫，正处在加德满都闹市中心，周围是最繁华的商业街道和巴扎尔。这一座王宫最早建于13世纪以前的李查维王朝。15世纪末马拉王朝分裂，这一座王宫就成了历代马拉国王的正式宫殿。后来，普里特维·纳拉扬攻陷加德满都，统一了尼泊尔，此宫又成为沙阿王朝的王宫，直至19世纪70年代王室迁出为止。

“哈奴曼多卡”的意思是“哈奴曼门”。哈奴曼是印度大史诗《罗摩衍那》中神猴的名字。今天，这个神猴的像还矗立在王宫门前，颈挂花环，口涂红水，座前香烟缭绕，看来仍然受到尼泊尔人民的膜拜。

宫内房屋极多，千门万户，宛如蜂房。我们走进去，好像进入了迷魂阵一样。历代国王的画像，还有他们的寝宫，一个接一个，令人目不暇接。但是我感兴趣的却是一座极高大的似楼又似塔的建筑，檐边挂着红绸子，在风中飘动，同在我国西藏所见到的情景几乎完全一样，由此可见两国文化宗教关系之密切。事实上，两国过去有长期的文化交流的历史，尼泊尔工程师到中国来建筑宫殿，连我们日常吃的菠菜也是从尼泊尔移植过来的。一提到这些事情，尼泊尔朋友就产生极大的兴趣，两国人民的心好像更挨近了。

在这座寥落的故宫里，引起了我极大兴趣的还有成群的鸽子。也不知道它们原来栖息在什么地方，忽然倾巢而出，在巍峨崇高的楼台殿阁之间，盘旋飞翔，翅影弥天。因为今天这里戒严，参观群众都被阻在宫门以外，宽敞的庭院里，除了我们这一伙人外，空无一人。鸽子的叫声和翅影给这种寂静带来了生气，带来了诗意。我看了风中飘动的红绸，听了鸽子的叫声，身处寥落古王宫之中，仿佛进入了某一种幻境，飘飘然遗世而独立了。

仍然像在巴德冈故宫一样，一走出王宫的大门，群众被拦在警戒线以外，除了形形色色的尼泊尔老百姓以外，还有不少碧眼黄发的欧美人士，站在人群里，因为个子高，大有鹤立鸡群之势，个个手执照相机，高高地举了起来，想抢一个难得的镜头。大家都面含笑意，我们对着他们微笑，他们也以微笑相报。无法谈话，无从握手，但是感情仿佛能得到交流。连这一座古老的宫殿都仿佛变得年轻了，到处洋溢着勃勃的生气，友谊弥漫太空。

此情此景，我将毕生难忘。

1986年12月4日北京大学朗润园

世界佛教联谊会第十五届大会

赤、橙、黄、绿、青、蓝、紫……

是印度教的哪一位大神从大梵天的天宫里把这些颜色撒上人间大地？是佛教的哪一位菩萨从三十三天上把这些颜色撒上人们的衣服，撒上旗帜，撒上佛像？

我一走进大会的会场德什拉特体育场，简直吃惊得目瞪口呆，说不出话来。眼前的景象太不寻常了。体育场三面的看台上挤满了人，体育场中心也挤满了人，我们就座的主席台两旁也挤满了人，目光所至，无不是人，总是人，人，人，是人的大山，是人的海洋，是人的密林，是人的丛莽。加德满都只有四十五万人，而今天会场上的人据估计有四万多，几乎占了全城人口的十分之一。真可以说是盛会空前了吧。

我眼前的形象过多，颜色过多，我的两只眼睛是无论如何也不够用的。我恨不能像神庙里供的千手千眼佛那样，长出一千只眼睛来。这样就勉强可以看到一切，巨细不遗。即使长出一千只眼睛，我相信，每一只眼睛也都能派上用场，绝不会待业，绝不会投闲置散，会场中千奇百怪的景象是无论如何也看不完的。

在主席台的下面，在跑道的对面，沿着跑道，陈列着十几尊佛像和神像，据说都是从尼泊尔全国各大寺庙里搬来的。有的佛像庄严肃穆，有的则是姿态怪异，龇牙咧嘴，属于牛鬼蛇神之列。但是都穿着五颜六色的盛装，脖子上挂着花环。大概佛们平常各自住在各自的庙中，享受香火，没有开碰头会的机会。今天在这里会面了，互相攀谈起来，说不尽的相思，道不尽的致敬，情绪异常热烈。我眼中的佛像，个个仿佛都活跃起来，可惜吾辈凡人，不懂佛语，只有双手合十了。

场子中间排列着许多方队。最引人注目的是小女孩形成的队伍，她们每个人手中拿着一面有五种颜色的小旗，不时举起来摇晃摇晃。今天所有到会的人每人一面这样的小旗。据说五色象征着东、西、南、北四个方向和天堂。那些小女孩们有时候坐下，有时候又站起来，片刻不停。从她们脸上的笑容来看，她们显然是非常高兴、非常激动的。这样的会她们或许还从来没有参加过。凝聚在她们周围的那种欢悦气氛，陪衬上她们鲜花似的面庞和身上穿的鲜艳衣服，光彩焕发，辉耀全场，在身跟前形成了五彩缤纷的幻景。

大会开始以后，首先是绕场游行。几十个妙龄女郎，身上穿着棕黄色的——我不敢说是不是就是这种颜色——衣服，共同拉着一张非常巨大的红布，上面写着庆祝颂扬世界佛教联谊会开幕的吉祥词句，迈着轻盈的步伐，扭摆着杨柳枝一般的腰肢，走在最前面。后面跟着的是各国代表团。有的代表团人数很多，有的比较少，有的只有一个尼泊尔小姑娘双手举着国名牌，目不斜视地跟着大队走，身后却空无一人。中国台湾代表团就属于这一类。牌子上写着 Taiwan，China，后面却是空空荡荡。据说，台湾确实派来了代表团，但是他们却像害怕泰山石敢当一样，害怕这个牌子，害怕牌子上这几个字。我听说，台湾的僧人对我们还是非常友好的。在一次会议上，台湾的一个小和尚亲切热情地搀扶我们青海的一个活佛。既然如此，为什么又不敢跟着这样一个牌子走呢？友好是他们的内心，不敢跟着走是表现出来的形式。内心与外在形式往往也会产生一点矛盾的。其中隐秘，明眼人一看便知，然而不足为外人道也。总之，中国台湾牌子后面跟着的是一团空气。在四五万人的热烈气氛中，显得十分不调和，引起人们的窃窃私议。

在西方国家的代表团中，比如西德、美国、加拿大、澳大利亚等，确实有剃光了脑袋的和尚和尼姑。最引起我的注意的是美国代表团的一个尼姑，碧眼高鼻，端庄秀丽，上面却是光光的一个脑袋。我左看左不像，右看右不像，我无论如何也抑制不住内心里觉得滑稽的想法。我大概是凡夫俗子，尘心太重，注定了是西方无分、涅槃绝缘了。

各个国家和地区的代表团的队伍过去了以后，跟着来的是尼泊尔僧俗的庞大的队伍。看样子尼泊尔全国各县都来了人。最前面以写着县名的红布标为前导，游行的人跟在后面，其中有的代表团竟全是妇女。她们手托银盘，盘中盛着大米一类的东西，随走随用手轻撒米粒，大概是想表示吉祥如意吧！妇女中有的白发盈头，年逾古稀，依然健步如飞，精神矍铄，难道真是佛祖在天有灵，冥冥中加以佑护吗？有的妇女怀抱婴儿，也昂首阔步，奋勇向前。婴儿毕竟是有分量的，这一位母亲有什么感觉，我们局外人实在无法臆猜了。

每一个县的代表团，服装的颜色和式样都不一样。其中有的人载歌载舞，有的人漫不经心，有的人漠然随着大队走。中间还有不少小孩子，光着小脚丫子，有穿鞋的鞋被挤踩掉了，也不敢或者也没有工夫把鞋提上，只好趔趔趄趄地、一脚高一脚低地、慌里慌张地跟着大人走上前去。在巨大的人流中，宛如一个节奏不合的小小的泡沫。

队伍中有不少西藏人，也许就是尼泊尔的藏族。他们的特点是，在每一个游行队伍中，走在最前面的是一个身强力壮的大汉，手托高高的竹竿，竹竿上拴着两个牦牛尾巴，有的两个全是黑的，有的全是白的，有的一黑一白，中间点缀上许多五颜六色的小旗子之类的东西。看来这一根竹竿是颇有一些分量的，有一两丈高，有碗口那样粗。可是这一位大汉必须迅速地不停地把这竹竿在手中转动，让竿上悬的牦牛尾巴在摆动中直立起来。大汉们有时候还想露上两手，把长竿转到身后，从一只手中传到另一只手中，而长竿的转动速度并未降低，以至那些黑白牦尾仍然能够直立起来。我生平第一次见到这种绝技，真可以说是大开眼界。表演这种绝技时，大汉们脸上都显露出洋洋自得的神气，难道说诞生于今天尼泊尔境内的佛祖颇为欣赏自己的老乡们这种勇敢行为而对他们降福赐祉吗？

绕场游行的尼泊尔各地区各民族的队伍，简直不知道有多少。我看到了场上的队伍已经绕场一周而且登上了对面的看台，我心里想："游行大概就这样结束了。"然而不然。从对面看台下的一个门洞里忽然又涌出了彩旗，跟在后面的是海浪一般的人流。流呀，流呀！简直不知道要流到什么时候。我看不到门洞外面的情况，当然不知道究竟还有多少队伍在那里等候着流向会场。但是人流只是不断地从那一个小洞口往里涌。涌呀，涌呀！不知道要涌到什么时候。坐在我身后的一位女士用中国话说："哎呀，不得了！简直没完没了啦！"事实上确实是没完没了。等到这一位女士第三遍说同样的话的时候，情况一点没有改变，她也只好住口不说。可是人流却依然是没完没了，好像尼泊尔全国一千二百万人口都从这个小小的洞口里流出来了，都从那一个神秘的洞口向外涌，涌向广场上人的大洋中，给这一片汪洋大海增添了不计其数的、五颜六色的、大小不同的、形状各异的浪花。这大海更显得汹涌澎湃，大有波浪滔天之势了。

赤、橙、黄、绿、青、蓝、紫……

七种颜色的波涛腾涌起来了。

天上怎样呢？天上飞来了直升机。飞机飞得很低，上面坐的人清晰可见。他正从飞机上向场上倾倒鲜花。一次没能倾倒完，飞机又飞回来一次，那个人仍然忙碌着向下倾倒鲜花。如此周而复始，结果是鲜花蔽空。我简直仿佛能够嗅到芬芳的香气，这香气弥漫六合，溢满三界。当年佛祖说法时，常常是天雨曼陀罗。这种情景必然是非常奇妙的。试想：碗口大的花朵从九天之上，飘飘摇摇，直堕大地，遮天盖地，芳香四溢。这是一种多么奇妙的情景呢？我闭上眼睛，似乎也能看到这样神奇不可思议的情景。然而睁着眼睛是什么也看不到的。万万没有想到，今天这种神奇的情景竟然明明白白地展现在我的眼前。我真仿佛亲临两千多年前佛祖亲自主持的灵山法会，亲眼看到天雨曼陀罗，看来自己即使不能成佛作祖，灵山毕竟有份了。

在眼前这一派歌吹沸天、人海腾涌、目迷五色、眼花缭乱的纷乱繁忙的情景中，我偶然一抬头，竟然在北方天际看到白雪皑皑的万古雪峰，高高地耸出云层之上。我原以为是白云，但立刻就意识到是雪山。这是我以前完全没有预料到的，我有点欢喜，又有点吃惊。又套用那两句陶诗："拜佛广场内，悠然见雪山。"一转瞬间，我竟然有了陶渊明的心情，岂不大可异哉！又岂不大可喜哉！

我的眼前一闪，我仿佛看到雪山峰巅的群神，不管是印度教的众位大神，还是佛教的众位大菩萨，好像都从他们那些耸入云天的莲花座上站了起来，兴致勃勃地向下界凝望，向这广场凝望。他们看到自己的像就罗列在广场上，前面点着蜡烛，香烟缭绕。多么有趣呀！人这种动物是多么离奇呀！他们也许会顾而乐之吧。他们也许会想到，人这种动物天天忙吃忙穿，争名于朝，争利于市，居然还能忙里偷闲，居然还能有这种闲情逸致来搞这些花样，又吹又打，又跳又舞，手举彩旗，口宣佛号，多么可爱的动物呀！但是，我想，神仙们毕竟会高兴的。神仙绝不会比凡人高明。有的凡人喜欢别人拍马屁，难道神仙们就不喜欢吹捧吗？我不相信，我决不相信。神仙们在高兴之余，说不定会大发慈悲，降厥福祉。行将见风调雨顺，天下太平了。阿弥陀佛！

我又一抬头，看到片片白云飘过雪山。我仿佛看到，神仙们个个自选一朵白云，坐了上去，让白云把他驮到大会会场上面。他们大概也想像刚才那一架直升机一样，学习当年的佛祖说法时的情景，天雨曼陀罗。也许是因为来得仓促，忘记了携带仙花。只好坐在白云上面，向下张望一番，又飞回雪山顶上阆苑仙宫里去了。

正当我神驰雪山想入非非的时候，我耳边厢忽然人声鼎沸。我收神定睛，仔细一瞧：全场乱起来了。五颜六色的人群从看台上向上涌，涌向主席台前，大概是想看一看台上的兖兖诸公，什么二王，什么部长，什么国外贵宾，什么国内显贵。场上原来整整齐齐的队伍不见了，赤、橙、黄、绿、青、蓝、紫，搅在一起了。大会就要收场了。我也连忙走下主席台，陷入人流之中。回望水晶般的雪峰正在夕阳斜照中闪出了清冷的白光。

1986年11月19日晚，从中国大使馆参加招待会归来，写于苏尔提旅馆

在特里普文大学

从北京出发前，我们代表团的秘书长许孔让同志让我准备一篇学术报告，在尼泊尔讲一讲。我当即答应了下来。但是心中却没有底：究竟是在什么地方讲呢？对什么人讲呢？这一切都不清楚。好在我拟的题目是“中国的南亚研究——中国史籍中的尼泊尔史料”。这样一个题目在什么地方都是恰当的，都会受到欢迎的，我想。

到了尼泊尔以后才知道，是尼泊尔唯一的一所大学——特里普文大学准备请我讲的。几经磋商，终于把时间定了下来。尼泊尔的工作时间非常有趣：每天早晨十点上班，下午四点下班。实际上大约到了上午十一点才真正开始工作。尼泊尔朋友告诉我，本地人中流传着一种说法：世界上最惬意的事情是“拿美国工资，吃中国饭，做尼泊尔工作”。这种情况大概是由

当地气候决定的，绝不能说尼泊尔人民懒。我在尼泊尔皇家植物园看到背柴禾的妇女，给我留下了深刻的印象——尼泊尔人民是勤劳的人民。话说回来，我到大学做报告的时间确定为正午十一时半开始。若在中国，到了上午十一时半我几乎已经完成了整天的工作量。但在尼泊尔，我的工作才开始，心里难免觉得有点不习惯。然而中国俗话说“入境随俗”，又说“客随主便”，我没有别的选择了。

在外国大学里做报告，我是颇有一点经验的。别的国家不说，只在印度一国，我就曾在三所大学里做过报告：一次在德里大学，一次在尼赫鲁大学，一次在海德拉巴邦的奥斯玛尼亚大学。这三次都有点“突然袭击”的味道，都是仓促上阵的。前两个大学的情景我曾在一篇文章中描绘过，这里不再重复了。在奥斯玛尼亚大学做报告，是由我们代表团团长临时指派的，我一点思想准备都没有，手中又没有图书资料，只有硬着头皮到大学去。到了以后，我大吃一惊，大学的副校长（在印度实际上就是校长）和几位教授都亲自出来招待我。他们把我让到大礼堂里去，里面黑压压地坐满了教授和学生。副校长致欢迎辞，讲了一些客套话以后，口气一转，说是要请我讲一讲中国教育和劳动问题。直到此时，我才知道我做报告的题目。我第二次大吃一惊：我脑海里空空如也，这样大而重要的题目，张开嘴巴就讲，能会不出娄子吗？我在十分之一秒内连忙灵机一动，在讲完了照例的客套话以后，接着说道："讲这样一个大题目我不是很恰当的人选。我是研究中印文化交流史的，我给大家讲一点中印文化关系吧！我相信大家会有兴趣的，因为大家最关心中印人民的友谊。"没想到这样几句话竟引起了全场热烈的掌声。我知道，我已经过了关，那一颗悬得老高的心一下子落了下来，我轻轻地舒了一口气，开口讲了起来。

现在来到了特里普文大学，题目是事前准备好的，所以心情坦然，不那么紧张。但是也有让我吃惊或者失望的地方。我原以为，在这里同在印度那几个大学里一样，全院动员，甚至全校动员，来听我的报告。可是在这里没有那样节日的气氛，只是在一间大屋子里挤坐着一二百人。在我灵魂深处，我确实觉得有点不满足。但是，既来之，则安之，只好听从主人的安排了。

在我的潜意识里有一点潜台词：尼泊尔学术水平不高。我前几年读过一本尼泊尔学者写的《尼泊尔史》，觉得水平很一般。于是我就以偏概全，留下了那么一个印象。我今天来到了尼泊尔的最高学府，眼前虽然坐满了学者、教授、博士等，可是那个印象却始终萦绕在我的头脑中。这是否影响了我讲话的口气呢？我自己认为没有。但是，诚于中，形于外，也未必真正没有。我既然已经张开嘴巴讲了起来，也就顾不得那样多了。

可是，我讲了一个多小时以后，轮到大家提问题的时候，我却又真的吃了一惊。提问者显然对我的报告产生了极大的兴趣。他们几乎都强调，没有中国的史籍，研究尼泊尔史会感到有很多困难。他们根据我的报告提了不少有关中尼历史关系的问题。可以看出来，他们确实是下过一番功夫的，他们是行家里手，绝非不学无术之辈。我心里直打鼓，但同时又非常高兴。讨论进行得认真而又活泼。我们相互承诺，以后要加强联系。两国大学之间的交往算是开始了。我们应当交换学者，交换图书资料。我看到，尼泊尔朋友脸上个个都有笑容。第二天一大早，特里普文大学的历史系主任威迪耶（Vaidya）教授和特里拉特那（Triratna）教授到宾馆来看我，带给我他们自己的著作。我随便翻看了一下，觉得这些都是认真严肃的著作，心里油然起敬慕之感。我们又重申加强联系，然后分手告别。我目送两位尼泊尔教授下楼的身影，感到自己同尼泊尔学者之间的隔膜一扫而光，我们的感情接近起来了。

中国有一句俗话："万事开头难。"现在我们总算是开了个头，以后就不难了。古时候从中国到尼泊尔来要经历千山万水。现在从北京飞到加德满都，只需要四个小时。地球大大地变小了。我们两国学者来往实在非常方便。珠穆朗玛峰横亘两国之间，再也不是交通的拦路虎，而是两国永恒友谊的象征。我瞻望前途，不禁手舞足蹈了。

1986年12月20日于燕园

重返哥廷根

我真是万万没有想到，经过了三十五年的漫长岁月，我又回到这个离祖国几万里的小城里来了。

我坐在从汉堡到哥廷根的火车上，我简直不敢相信这是事实。难道是一个梦吗？我频频问着自己。这当然是非常可笑的，这毕竟就是事实。我脑海里印象历乱，面影纷呈。过去三十多年来没有想到的人，想到了；过去三十多年来没有想到的事，想到了。我那一些尊敬的老师，他们的笑容又呈现在我眼前。我那像母亲一般的女房东，她那慈祥的面容也呈现在我眼前。那个宛宛婴婴的女孩子伊姆加德，也在我眼前活动起来。那窄窄的街道、街道两旁的铺子、城东小山的密林、密林深处的小咖啡馆、黄叶丛中的小鹿，甚至冬末春初时分从白雪中钻出来的白色小花雪钟，还有很多别的东西，都一齐争先恐后地呈现到我眼前来。一霎时，影像纷乱，我心里也像开了锅似地激烈地动荡起来了。

火车一停，我飞也似的跳了下去，踏上了哥廷根的土地。忽然有一首诗涌现出来：

少小离家老大回，
乡音无改鬓毛衰。
儿童相看不相识，
笑问客从何处来。

怎么会涌现这样一首诗呢？我一时有点儿茫然、懵然。但又立刻意识到，这一座只有十来万人的异域小城，在我的心灵深处，早已成为我的第二故乡了。我曾在这里度过整整十年，是风华正茂的十年。我的足迹印遍了全城的每一寸土地。我曾在这里快乐过，苦恼过，追求过，幻灭过，动摇过，坚持过。这一座小城实际上决定了我一生要走的道路。这一切都不可避免地要在我的心灵上打上永不磨灭的烙印。我在下意识中把它看作第二故乡，不是非常自然的吗？

我今天重返第二故乡，心里面思绪万端，酸甜苦辣，一齐涌上心头。感情上有一种莫名其妙的重压，压得我喘不过气来，似欣慰，似惆怅，似追悔，似向往。小城几乎没有变。市政厅前广场上矗立的有名的抱鹅女郎的铜像，同三十五年前一模一样。一群鸽子仍然像从前一样在铜像周围徘徊，悠然自得。说不定什么时候一声呼哨，飞上了后面大礼拜堂的尖顶。我仿佛昨天才离开这里，今天又回来了。我们走下地下室，到地下餐厅去吃饭。里面陈设如旧，座位如旧，灯光如旧，气氛如旧。连那年轻的服务员也仿佛是当年的那一位。我仿佛昨天晚上才在这里吃过饭。广场周围的大小铺子都没有变。那几家著名的餐馆，什么“黑熊”“少爷餐厅”等，都还在原地。那两家书店也都还在原地。总之，我看到的一切都同原来一模一样。我真的离开这座小城已经三十五年了吗?

但是，正如中国古人所说的，江山如旧，人物全非。环境没有改变，然而人物却已经大大地改变了。我在火车上回忆到的那一些人，有的如果还活着的话年龄已经过了一百岁。这些人的生死存亡就用不着去问了。那些计算起来还没有这样老的人，我也不敢贸然去问，怕从被问者的嘴里听到我不愿意听的消息。我只绕着弯子问上那么一两句，得到的回答往往不得要领，模糊得很。这不能怪别人，因为我的问题就模糊不清。我现在非常欣赏这种模糊，模糊中包含着希望。可惜就连这种模糊也不能完全遮盖住事实。结果是：

访旧半为鬼，
惊呼热中肠。

我只能在内心里用无声的声音来惊呼了。

在惊呼之余，我仍然坚持怀着沉重的心情去访旧。首先我要去看一看我住过整整十年的房子。我知道，我那母亲般的女房东欧朴尔太太早已离开了人世。但是房子却还存在，那一条整洁的街道依旧整洁如新。从前我经常看到一些老太太用肥皂来洗刷人行道，现在这人行道仍然像是刚才洗刷过似的，躺下去打一个滚，绝不会沾上一点儿尘土。街拐角处那一家食品商店仍然开着，明亮的大玻璃窗子里面陈列着五光十色的食品。主人却不知道已经换了第几代了。我走到我住过的房子外面，抬头向上看，看到三楼我那一间房子的窗户，仍然同以前一样摆满了红红绿绿的花草，当然不是出自欧朴尔太太之手。我蓦地一阵恍惚，仿佛我昨晚才离开，今天又回家来了。我推开大门，大步流星地跑上三楼。我没有用钥匙去开门，因为我意识到，现在里面住的是另外一家人了。从前这座房子的女主人恐怕早已安息在什么墓地里了，墓上大概也栽满了玫瑰花吧。我经常梦见这所房子，梦见房子的女主人，如今却是人去楼空了。我在这里度过的十年中，有愉快，有痛苦，经历过轰炸，忍受过饥饿。男房东逝世后，我多次陪着女房东去扫墓。我这个异邦的青年成了她身边的唯一的亲人，无怪我离开时她嚎啕痛哭。我回国以后，最初若干年，还经常通信。后来时移事变，就断了联系。我曾痴心妄想，还想再见她一面。而今我确实又来到了哥廷根，然而她却再也见不到，永远永远地见不到了。

我徘徊在当年天天走过的街头。这里什么地方都有过我的足迹。家家门前的小草坪上依然绿草如茵。今年冬雪来得早了一点儿。十月中，就下了一场雪。白雪、碧草、红花，相映成趣。鲜艳的花朵赫然傲雪怒放，比春天和夏天似乎还要鲜艳。我在一篇短文《海棠花》里描绘的那海棠花依然威严地站在那里。我忽然回忆起当年的冬天，日暮天阴，雪光照眼，我扶着我的吐火罗文和吠陀语老师西克教授，慢慢地走过十里长街。心里面感到凄清，但又感到温暖。回到祖国以后，每当下雪的时候，我便想到这一位像祖父一般的老人。回首前尘，已经有四十多年了。

我也没有忘记当年几乎每一个礼拜天都到的席勒草坪。它就在小山下面，是进山必由之路。当年我常同中国学生或者德国学生，在席勒草坪散步之后，就沿着弯曲的山径走上山去。曾登上俾斯麦塔，俯瞰哥廷根全城；曾在小咖啡馆里流连忘返；曾在大森林中茅亭下躲避暴雨；曾在深秋时分惊走觅食的小鹿，听它们脚踏落叶一路窸窸窣窣地逃走。甜蜜的回忆是写也写不完的。今天我又来到这里。碧草如旧，亭榭犹新。但是当年年轻的我已颓然一翁，而旧日游侣早已荡若云烟，有的离开了这个世界，有的远走高飞，到地球的另一半去了。此情此景，人非木石，能不感慨万端吗？

我在上面讲到江山如旧，人物全非。幸而还没有真正地全非。几十年来我昼思梦想最希望还能见到的人，最希望他们还能活着的人，我的“博士父亲”，瓦尔德施密特教授和夫人居然还都健在。教授已经是八十三岁高龄，夫人比他更高寿，是八十六岁。一别三十五年，今天重又会面，真有相见翻疑梦之感。老教授夫妇显然非常激动，我心里也如波涛翻滚，一时说不出话来。我们围坐在不太亮的电灯光下，杜甫的名句一下子涌上我的心头：

人生不相见，
动如参与商。
今夕复何夕？
共此灯烛光。

四十五年前我初到哥廷根我们初次见面，以及以后长达十年相处的情景，历历展现在眼前。那十年是剧烈动荡的十年，中间插上了一个第二次世界大战，我们没有能过上几天好日子。最初几年，我每次到他们家去吃晚饭时，他那个十几岁的独生儿子都在座。有一次教授同儿子开玩笑：“家里有一个中国客人，你明天到学校去又可以张扬吹嘘一番了。”哪里知道，大战一爆发，儿子就被征从军，一年冬天，战死在北欧战场上。

这对他们夫妇俩的打击，是无法形容的。不久，教授也被征从军。他心里怎样想，我不好问，他也不好说，看来是默默地忍受痛苦。他预定了剧院的票，到了冬天，剧院开演，他不在家，每周一次陪他夫人看戏的任务，就落到我肩上。深夜，演出结束后，我要走很长的道路，把师母送到他们山下林边的家中，然后再摸黑走回自己的住处。在很长的时间内，他们那一座漂亮的三层楼房里，只住着师母一个人。

他们的处境如此，我的处境更要糟糕。烽火连年，家书亿金。我的祖国在受难，我的全家老老小小在受难，我自己也在受难。中夜枕上，思绪翻腾，往往彻夜不眠。而且头上有飞机轰炸，肚子里没有食品充饥，做梦就梦到祖国的花生米。有一次我下乡去帮助农民摘苹果，报酬是几个苹果和五斤土豆。回家后一顿就把五斤土豆吃了个精光，还并无饱意。

大概有六七年的时间，情况就是这个样子。我的学习，写论文，参加口试，获得学位，就是在这种情况下进行的。教授每次回家度假，都听我的汇报，看我的论文，提出他的意见。今天我会的这一点点儿东西，哪一点儿不包含着教授的心血呢？不管我今天的成就还是多么微小，如果不是他怀着毫不利己的心情对我这一个素昧平生的异邦青年加以诱掖教导的话，我能够有什么成就呢？所有这一切我能够忘记得了吗？

现在我们又会面了。会面的地方不是在我所熟悉的那一所房子里，而是在一所豪华的养老院里。别人告诉我，他已经把房子赠给哥廷根大学印度学和佛教研究所，把汽车卖掉，搬到这一所养老院里来了。院里富丽堂皇，应有尽有，健身房、游泳池，无不齐备。据说，饭食也很好。但是，说句不好听的话，到这里来的人都是七老八十的人，多半行动不便。对他们来说，健身房和游泳池实际上等于聋子的耳朵。他们不是来健身，而是来等死的。头一天晚上还在一起吃饭、聊天，第二天早晨说不定就有人见了上帝。一个人生活在这样的环境中，心情如何，概可想见。话又说了回来，教授夫妇孤苦伶仃，不到这里来，又到哪里去呢？

就是在这样一个地方，教授又见到了自己几十年没有见面的弟子。他的心情是多么激动，又是多么高兴，我无法加以描绘。我一下汽车就看到在高大明亮的玻璃门里面，教授端端正正地坐在圈椅上，他可能已经等了很久，正望眼欲穿哩。他瞪着慈祥昏花的双目瞧着我，仿佛想用目光把我吞下去。握手时，他的手有点儿颤抖。他的夫人更是老态龙钟，耳朵聋，头摇摆不停，同三十多年前完全判若两人了。师母还专为我烹制了当年我在她家常吃的食品。两位老人齐声说："让我们好好地聊一聊老哥廷根的老生活吧！"他们现在大概只能用回忆来填充日常生活了。我问老教授还要不要中国关于佛教的书，他反问我："那些东西对我还有什么用呢？"我又问他正在写什么东西。他说：“我想整理一下以前的旧稿，我想，不久就要打住了！”从一些细小的事情上来看，老两口的意见还是有一些矛盾的。看来这相依为命的一双老人的生活是阴沉的、郁闷的。在他们面前，正如鲁迅在《过客》中所写的那样：“前面？前面，是坟。”

我心里陡然凄凉起来。老教授毕生勤奋，著作等身，名扬四海，受人尊敬，老年就这样度过吗？我今天来到这里，显然给他们带来了极大的快乐，一旦我离开这里，他们又将怎样呢？可是，我能永远在这里待下去吗？我真有点儿依依难舍，尽量想多待些时候。但是，千里凉棚，没有不散的筵席。我站起来，想告辞离开。老教授带着乞求的目光说：“才十点多钟，时间还早嘛！”我只好重又坐下。最后到了深夜，我狠了狠心，向他们说了声：“夜安！”站起来，告辞出门。老教授一直把我送下楼。送到汽车旁边，样子是难舍难分。此时我心潮翻滚，我明确地意识到，这是我们最后一面了。但是，为了安慰他，或者欺骗他，也为了安慰我自己，或者欺骗我自己，我脱口说了一句话：“过一两年，我再回来看你！”声音从自己嘴里传到自己耳朵，显得空荡、虚伪，然而却又真诚。这真诚感动了老教授，他脸上现出了笑容：“你可是答应了我了，过一两年再回来！”我还有什么话好说呢？我噙着眼泪，钻进了汽车。汽车开走时，回头看到老教授还站在那里，一动也不动，活像是一座塑像。

过了两天，我就离开了哥廷根。我乘上了一列开到另一个城市去的火车。坐在车上，同来时一样，我眼前又是面影迷离，错综纷杂。我这两天见到的一切人和物，一一奔凑到我的眼前来，只是比来时在火车上看到的影子清晰多了，具体多了。在这些迷离错乱的面影中，有一个特别清晰、特别具体、特别突出，它就是我在前天夜里看到的那一座塑像。愿这一座塑像永远停留在我的眼前，永远停留在我的心中。

1980 年 11 月在西德开始

1987 年 10月在北京写完

两行写在泥土地上的字

夜里有雷阵雨，转瞬即停。“薄云疏雨不成泥”，门外荷塘岸边，绿草坪畔，没有积水，也没有成泥，土地只是湿漉漉的。一切同平常一样，没有什么特异之处。

我早晨出门，想到外面呼吸点新鲜空气，这也同平常一样，并没有什么特异之处。然而，我的眼睛一亮，蓦地瞥见塘边泥土地上有一行用树枝写成的字：

季老好　98级日语

回头在临窗玉兰花前的泥土地上也有一行字：

来访　98级日语

我一时懵然，莫明其妙。还不到一瞬间，我恍然大悟：98

级是今年的新生。今天上午，全校召开迎新大会；下午，东方学系召开迎新大会。在两大盛会之前，这一群（我不知道准确数目）从未谋面的十七八九岁男女大孩子们，先到我家来，带给我无法用言语形容这一番深情厚谊。但他们恐怕是怕打扰我，便想出了这一个惊人的匪夷所思的办法，用树枝把他们的深情写在了泥土地上。他们估计我会看到的，便悄然离开了我的家门。

我果然看到他们留下的字了。我现在已经望九之年，我走过的桥比这一帮大孩子走过的路还要长，我吃过的盐比他们吃过的面还要多，自谓已经达到了“悲欢离合总无情”的境界。然而，今天，我一看到这两行写在泥土地上的字，我却真正动了感情，眼泪一下子涌出了眼眶，双双落到了泥土地上。

我是一个平凡的人，生平靠自己那一点勤奋，做出了一点微不足道的成绩。对此我并没有多大信心。独独对于青年，我却有自己一套看法。我认为，我们中年人或老年人，不应当一过了青年阶段，就忘记了自己当年穿开裆裤的样子，好像自己一下生就老成持重，对青年总是横挑鼻子竖挑眼。我们应当努力理解青年，同情青年，帮助青年，爱护青年。不能要求他们总是四平八稳，总是温良恭俭让。即使有什么“逾距”的地方，也只能耐心加以劝说，惩罚是万不得已而为之的。一个国家，一个民族，如果对自己的青年失掉了信心，那它就失掉了希望，失掉了前途。我常常这样想，也努力这样做。在风和日丽时是这样，在阴霾蔽天时也是这样。这要不要冒一点风险呢？要的。但我人微言轻，人小力薄，除了手中的一支圆珠笔以外，就只有嘴里那三寸不烂之舌，除了这样做以外，也没有别的办法。

大概就由于这些情况，再加上我的一些所谓文章，时常出现在报纸杂志上，有的甚至被选入中学教科书，于是普天下青年男女颇有知道我的姓名的。青年们容易轻信，他们认为报纸杂志上所说的都是真实的，就轻易对我产生了一种好感，一种情意。我现在几乎每天都能收到全国各地，甚至穷乡僻壤、边远地区青年们的来信，大中小学生都有。他们大概认为我无所不能，无所不通，而又颇为值得信赖，向我提出各种各样的问题，有的简直石破天惊，有的向我倾诉衷情。我想，有的事情他们对自己的父母也未必肯讲的，比如想轻生自杀之类，他们却肯对我讲。我读到这些书信，感动不已。我已经到了风烛残年，对人生看得透而又透，只等造化小儿给我的生命画上句号。然而这些素昧平生的男女大孩子的信，却给我重新注入了生命的活力。苏东坡的词说："谁道人生无再少？门前流水尚能西。休将白发唱黄鸡。"我确实有"再少"之感了。这一切我都要感谢这些男女大孩子们。

东方学系98级日语专业的新生，一定就属于我在这里所说的男女大孩子们。他（她）们在五湖四海的什么中学里，读过我写的什么文章，听到过关于我的一些传闻，脑海里留下了我的影子。所以，一进燕园，赶在开学之前，就迫不及待地把自己那一份情意，用他们自己发明出来的也许从来还没有被别人使用过的方式，送到了我的家门来，惊出了我的两行老泪。我连他们的身影都没有看到，我看到的只是清塘里面的荷叶。此时虽已是初秋，却依然绿叶擎天，水影映日，满塘一片浓绿。回头看到窗前那一棵玉兰，也是翠叶满枝，一片浓绿。绿是生命的颜色，绿是青春的颜色，绿是希望的颜色，绿是活力的颜色。这一群男女大孩子正处在平常人们所说的绿色年华中，荷叶和玉兰所象征的正是他们。我想，他们一定已经看到了绿色的荷叶和绿色的玉兰。他们的影子一定已经倒映在荷塘的清水中。虽然是转瞬即逝，连他们自己也未必注意到，可他们与这一片浓绿真可以说是相得益彰，溢满了活力，充满了希望。将来左右这个世界的，决定人类前途的正是这一群年轻的男女大孩子们。他们真正让我“再少”，他们在这方面的力量绝不亚于我在上面提到的那些全国各地青年的来信，我虔心默祷——虽然我并不相信——造物主能从我眼前的八十七岁中抹掉七十年，把我变成一个十七的少年，使我同他们一起学习，一起娱乐，共同分享普天下的凉热。

1998 年 9 月 25 日

第五辑

浮世寂寥：三辞桂冠

1995年元旦抒怀

——求仁而得仁，又何怨！

是不是自己的神经出了点毛病？最近几年以来，心里总想成为一个悲剧性人物。

六十年前，我在清华大学念书的时候，有一门课叫作“当代长篇小说”。英国老师共指定了五部书，都是当时在世界上最流行的，像今天名震遐迩的乔伊斯的《尤利西斯》和普鲁斯特的《追忆逝水年华》都包括在里面。这些书我都似懂非懂地读过了，考试及格了，便一股脑儿还给了老师，脑中一片空白，连故事的影子都没有了。

独独有一部书是例外，这就是英国作家哈代的《The Return of the Native》(《还乡》)。但也只记住了一个母亲的一句话：“我是一个被儿子遗弃了的老婆子！”我觉得这个母亲的处境又可怜，又可羡。怜容易懂，羡又从何来呢？人生走到这个地步，也并不容易。在人生的道路上，每一个人都是孤独的旅客。与其舒舒服服，懵懵懂懂活一辈子，倒不如品尝一点不平常的滋味，似苦而实甜。

我这种心情有点变态，但我这个人是十分正常的。这大概同我当时的处境有关。离别了八年以后，我最爱的母亲突然离开了人世，走了。这对我是一个空前绝后的打击。我从遥远的故都奔丧回家。我真想取掉自己的生命，追陪母亲于地下。我们家住在村外，家中只有母亲一人。现在人去屋空。我每天在村内二大爷家吃过晚饭，在薄暮中拖着沉重的步子，踽踽独行，走回家来。大坑里的水闪着白光。柴门外卧着一团黑乎乎的东西，是陪伴母亲度过晚年的那一只狗。现在女主人一走，没人喂食。它白天到村内不知谁家蹭上一顿饭（也许根本蹭不上），晚上仍然回家，守卫着柴门，决不离开半步。它见了我，摇一摇尾巴，跟我走进院子。屋中正中停着母亲的棺材，里屋就是我一个人睡的土炕。此时此刻，万籁俱寂，只有这一条狗，陪伴着我，为母亲守灵。我心如刀割，抱起狗来，亲它的嘴，久久不能放下。人生至死，天道宁论！在茫茫宇宙间，仿佛只剩下我和这一条狗了。

是我遗弃了母亲吗？不能说不是：你为什么竟在八年的长时间中不回家看一看母亲呢？不管什么理由，都是说不通的，我万死不能辞其咎。哈代小说中的母亲，同我母亲的情况是完全不一样的。然而其结果则是相同或者至少是相似的。我母亲不知多少次倚闾望子，不知多少次在梦中见到儿子，然而一切枉然，终于含恨离开了。

我幻想成为一个悲剧性的人物，是不是与此有些关联呢？恐怕是有的。在我灵魂深处，我对母亲之死抱终天之恨，没有任何仙丹妙药能使它消泯。今生今世，我必须背负着这个十字架，我绝不会再有什么任何形式的幸福生活，我不是一个悲剧性的人物又是什么呢？

然而我最近梦寐以求的悲剧性，又绝非如此简单，我心目中的悲剧，绝不是人世中的小恩小怨、小仇小恨。这些能够激起人们的同情与怜恤、慨叹与忧思的悲剧，不是我所想象的那种悲剧。我期望的究竟是什么样的悲剧呢？我好像一时也说不清楚。我大概期望的是类似能"净化"人们的灵魂的古希腊悲剧。相隔上万里，相距数千年，得到它又谈何容易啊！

然而我却于最近无意中得之，岂不快哉！岂不快哉！这里面当然也有遗弃之类的问题。但并不是自己被遗弃，而是自己遗弃了别人。自己怎么会遗弃别人呢？不说也罢。总之，在我家庭中，老祖走了，德华走了，我的女儿婉如也走了。现在就剩下我一个孤家寡人，赤条条来去无牵挂了。成为一个悲剧性的人物，条件都已具备，只待东风了。

孔子曰："求仁而得仁，又何怨！"

1995 年 1 月 2 日

故乡行

临清的宴会

最近若干年来，人们常常使用“饮食文化”一词儿。大家习以为常，不加追问。饮食怎样能成为文化呢？饮食与文化有什么关系呢？这是我们必须考虑的问题。

古代的情况，我暂且不谈，只谈清代以来的情况。追求饮食精美的当然首先是那一批帝王将相和贪官污吏。这一批人只知道把燕窝鱼翅以及其他山珍海味尽量往肚皮里面填。他们其实是一批饮食的蠢材，并不知道什么叫精美。真正懂得饮食精美的是一批文人。但文人往往是阮囊羞涩，兜里没有钱，因而必须依附他人，主要是官僚和商人，后者尤甚。文人是真正懂得饮食精美的，清代袁子才就是一个好例子。郑板桥等“扬州八怪”大概也是如此。但是他们最多只是“七品官”耳，有的竟是“布衣”。他们之所以聚集在扬州，因为这里有盐商，个个腰缠万贯，富得流油，偏又想附庸风雅，于是文人与商人相结合，而饮食就愈加精美了。

临清现在只是一个县级市，可是过去是阔过的。大运河畅通时，这里是一个大码头，有码头就少不了商人。有商人就少不了文人，有文人就少不了文化，有文化就少不了饮食的精美，于是文化就同饮食结合了起来。津浦铁路修成通车，大运河几乎已经完全失去了它的重要性。时间既久，除了南段还能通航外，北段的许多地方已经干涸，沧海变桑田了。临清往日的辉煌已成历史陈迹。但是，文化是一种古怪的东西，即使是基础已经不在，它的流风余韵却仍然能够长久地存在，表现在不同的事务上。

临清文化的流风余韵表现在什么地方呢？我觉得，它首先表现在饮食上，更具体一点说，表现在汤上。在全世界吃西餐，一般只上一个汤；吃中餐，也往往只有一个汤。西餐汤先上，中餐汤后上，上的先后虽不同，其为一个汤则一也。在临清却不然，每餐都是上许多汤，据知情人告诉我，汤的种类可以达到四十多个。这样许多汤，当然不能一餐上齐。谁也没有弥勒佛的大肚子，一次能容得下这些汤，往往是一餐只上三四个汤，以至六七个汤，不过让客人浅尝辄止而已。

我们这一次来到了临清，就尝到了临清的汤。《三国演义》

上说，曹操招待关公，三日一小宴，五日一大宴。我们现在在临清却是一日三大宴。这是超特级的待遇。关公端坐在关帝庙里，想必也会羡慕我们，而怨曹操待他太薄。8月4日中午，我们这一队包括几十口子人的杂牌车，刚到临清下火车，临清市党政领导立即为我们准备了盛大的洗尘午宴。在清渊餐厅里摆了十几桌酒席。在桌子中间转盘上摆上了二十八个小碟，荤素全有。第一道菜上的就是一碗汤，我们都认为这是应有之仪，没有怎么去注意。但是，在以后陆续上其他菜时，中间又穿插着上不同的汤，碗碗味道不同。这就引起了我们的注意和思考：怎么有这么多汤呀！这在别的地方是从来没有见过的。以后一打听，才知道，这就是临清饮食文化的特点。山有根，水有源，世间万事万物没有没有根源的。临清喝汤文化的根源何在？我目前还没有时间和兴致去详细考证——由它去吧。

除了汤以外，其他菜肴也都颇为精美，极具临清的特色，我无法一一描绘。但是，更使我们感动的却是主人的热情。每次宴会，都有一个临清市或聊城市的领导来主持。他端然坐在主人座上，我坐在他的右面，这是首席贵宾的座位。主持宴会最多的当然是李占增市长，此外还有聊城市张秋波市长、赵立银秘书长，还有从济南来的省领导董凤基、王克玉等。他们无疑都是大忙人，然而却竟为我这一个已经成为九十老翁的返乡游子花费这样多的时间，我心里实在感到非常抱歉。我原来以为，这样盛大的宴会只能在接风和送行时才有，可是我错了，这样的宴会天天有。我原来又以为，这样盛大的宴会只在午餐和晚餐时举行，可是我又错了，连每天的早餐也是如此。我并不是什么高官显宦，他们无所求于我。他们之所以这样做，并无丝毫私心杂念，无非是想对我表示纯真的敬意，这一点我是受之有愧的。再说到汤，它是每次宴会都必须有的。每次上七八个，好像是每一次都不太重复。至于我们究竟喝了多少种，我实在无法统计。在好像是按照二十八宿摆列成的小菜碟们圆形阵中，点缀上一碗接一碗的风味各有不同的汤，实在是一种特殊的享受，我相信，在全中国，只有在临清才能享受到的。

宴会之所以令人难忘，还不但仅是由于汤多，而主要是由于热烈的气氛。比如说，在宴会上互相祝酒，本来是常见的事情，也是不可或缺的事情。但在一般宴会上，不过是点到为止，彼此心照不宣。可我们山东人多半是老实巴交的人，我家乡也不例外。他们敬起酒来，其势勇猛，全力以赴，不似点水的蜻蜓，而像下山的猛虎。酒量大的，还能抵挡一下；酒量小的，三杯入肚，就会出洋相。有一个问题，我一直不理解：为什么中国人在宴会上一定要千方百计地要让客人醉倒出丑，大说胡话，或者竟出溜到桌子底下，爬不起来？劝酒者有的以白开水当酒，欺骗对方，口中还念念有词：“交情浅，舔一舔；交情深，闷一闷。”两个人可能是最好的朋友，劝酒绝无恶意。可是何以竟这样恶作剧呢？其中道理，我始终不明白，敬请心理学家或比较文化学家来探讨一下，或者召开一个国际讨论会，来予以解答。这会给世界学术做出重大贡献的。

回头再谈临清的宴会。我生平不嗜杯中物，也不敢说滴酒不沾。在宴会上我一般是以水代酒，从一开始，我就关门守住，高挂免战牌，不给对手以任何进攻的机会。来到临清，我也是这样做的。但是，即使我只喝白开水，敬酒者仍然是络绎不绝。遵照中国的传统礼节，别人来敬酒，被敬者必须站起来回敬。我自然不敢例外。我连连起立，主持宴会的主人看了不忍心，力劝我坐着不必起立。我也就顺水推舟，倚老卖老了。但是仍然不胜其烦。左边出现了一只敬酒的酒杯，我连忙举杯喝上一口白开水。右边又出现了一只，我又喝上一口白开水。有时候几只酒杯同时并举，我只好连连喝白开水，最后肚子喝得胀胀的，侵占了美味佳肴的位置。于是那些美味佳肴，包括著名的汤在内，也难以挤入肚中了。结果是，天天食前方丈，天天不饥不饱。

我感谢临清的宴会，也害怕临清的宴会。

官庄扫墓

第二天，也就是 8 月 5 日，一大早我们就出发到官庄去。

官庄是我诞生的地方，原属清平县。忘记了是新中国成立后的哪一年，清平县建制被撤销。东一半划归高唐县，西一半划归临清，于是我一变而成为临清人。我早年写的文章中，常见“清平”这个字眼，读者大都迷惑不解，其根源就在这里。

官庄距临清二十公里。山东公路的数量和质量都蜚声全国。临清到官庄的一段路也是柏油马路，平坦，宽敞，乘汽车四十分钟可到。回乡扫墓，本来是属于个人的私事，用不着惊师动众。可是临清市领导也派了开路的警车，还有一大批官员随行。我是一个上不得台盘的人，最不喜欢摆谱儿，可是这一次又是非摆不行了。但是我无意中发现，汽车的辆数比昨天少多了。虽然依然是招摇过市，但车队的长龙却短了不少。原来那几个电视台的工作人员，包括倪萍在内，都在早晨五点就离开了临清，直奔官庄，以便抢占拍摄的制高点，拍取独特的镜头。他们这种敬业精神实在让我在心中佩服不已。

我们的车队转瞬就到了官庄。唐人诗“近乡情更怯，不敢问来人”，原因大概是，当时没有近代的邮局，出门在外，与家人音讯难通。天涯游子，一旦回家，家中的情况模糊不清。谁死？谁生？一概不明。走近家乡，忐忑不安，连迎面遇到的人也怯生生地不敢问上两句。我现在却大不相同了，家里的情况，我一清二楚，根本用不着什么“怯”。

实际上，也根本容不得我有什么“怯”。官庄是一个贫困僻远的小村，全村人口不足二千人。今天大概是倾家出动，也可能还有外村来看热闹的人。因此，我们的车一进村，就被人墙堵住，只好下车。只见万头攒动，人声鼎沸，我哪里还来得及“怯”呢？小学生排戏了长队，站在两旁，手执小红旗，也学城里的样子，连声不断地高呼：“欢迎！欢迎！热烈欢迎！”红红的小脸蛋上溢满了欢乐、兴奋，还掺杂着一点惊异。虽然市或镇政府派来了许多军警维持秩序，小学生的阵列还不时被后面的观众冲破，于是我面前也挤满了人，挡住了去路。我心中又暗暗地发笑：我有什么可看的呢？不过是一个颓然秃顶白发的九旬老人而已。八十四年以前，当眼前这些小学生的老爷爷、老奶奶还活着的时候，也就是我六岁以前的时候，我曾在这个村里住过六年。当时家里极穷，长年吃不饱，穿不暖。在夏天里，我是赤条条来去身无牵挂，根本不知道洗手洗脸为何事。中午时分，跳入小河沟，然后爬上来在黄土堆里滚上几滚，浑身沾满了黄土，再跳入沟中洗干净，就像在影片上看到的什么国家的大象一样。现在，隔了八十多年，那个小脏孩又回来了，可是已经垂垂老矣。我感觉到，那个小脏孩是我，又不像是我。我有点发思古之幽情了。

然而，时间是异常紧迫的，幽情不容许我发得太久。有几个军警开路，我走进了义德的家。这本是我们家的旧址，义德改建、扩建，才成了现在这个格局，但究竟是什么样子，因为院子里挤满了人，我实在看不出来。我脑海里浮现的是八十多年前的样子：院子里有两棵高过房顶的大杏树，结的是酸杏，当年我的第一个老师——顺便说一句，我到现在也不知道，这个词儿是怎么来的，我那时的境况和年龄都不允许我念书的——马景恭先生常来摘杏吃。同村的一个男孩予，爬上房顶偷杏吃，不慎跌下来，摔断了腿。院前门旁还有一棵花椒树，而今都已踪影不见了。这些回忆都是在一刹那间出现的，确实很甜美，但都已经如云如烟，又如海上三山，无限渺茫了。此时院子里人声嘈杂，拥拥挤挤，门框都有被挤断的危险。我只坐了几分钟，就被人扶出来，冲破重围，走出大门。我回头瞥见院内拴着一头大牛，好像还有一辆拖拉机。心里想：义德的小日子大概还过得颇为红火。

我们又坐上了汽车，在人海中驶向墓地。透过车窗看到成百的乡亲们走捷径在我们前面赶到目的地。感谢义德和孟祥的精心安排，墓地上一切都已准备就绪，有供品，有香烛，还有一挂鞭炮。大概还有别的东西，只觉得眼花缭乱，五光十色，一时难以看清了。这里共有两座坟墓，其中之一埋葬着我的祖父和祖母，两个人我都没有见过面。另一座埋葬着我的父母。我最关注的还是我母亲的坟，我一生不知道写过多少篇关于母亲的文章了，我也不知道有多少次在梦中同母亲见面了，但我在梦中看到的只是一个迷离的面影，因为母亲确切的模样我实在记不清了。今天我来到这里，母亲就在我眼前，只隔着一层不厚的黄土，然而却人天悬隔，永世不能见面了，我的眼泪夺眶而出，滴到了眼前的香烛上。我跪倒在母亲墓前，心中暗暗地说:“娘啊！这恐怕是你儿子今生最后一次来给你扫墓了。将来我要睡在你的身旁！”

我站了起来，用迷离模糊的泪眼环视四周。人来得更多了，仿佛比进来时还要多，里三层，外三层，都瞪大了眼睛，看眼前这一幕“奇景”。各路电视台的人马当然更是不甘落后，个个摆好了架势，大拍特拍。我确实没有看到倪萍。但是我回北京以后不久，看到几个月前倪萍在中央电视台主持的“聊天”节目中我与她聊天的情景，结尾处却出现了她在官庄采访老乡们的图像和我跪在母亲墓前的形象，显然是后加上去的。她大概也是在那一天黎明时分离开临清赶到官庄的。

我要离开母亲的墓地了，内心里思绪腾涌。何时再来？能否再来？都是未知数。人生至此，夫复何言！我向围观的成百上千的乡亲们招了招手，表示谢意。赶快钻进了汽车，于上午十点回到了临清，前后只用了两个小时。但是为母亲扫墓的这一幕将会永远永远地印在我的心中。

2001.9.22

在病中

艰苦挣扎

中国人常使用一个词儿“癣疥之疾”，认为是无足轻重的。我觉得自己患的正是“癣疥之疾”，不必大惊小怪。在身边的朋友和大夫口中也常听到类似的意见。张衡就曾说过，只要撒上白矾末，第二天就能一切复原。北大校医院的张大夫也说，过去某校长也患过这样的病，住在校医院里输液，一个礼拜后就出院走人。同时，大概是由于张大夫给了点激素吃，胃口忽然大开，看到食品，就想狼吞虎咽，自己认为是个吉兆。又听我的学生上海复旦的钱文忠说，毒水流得越多，毒气出得越多，这是好事，不是坏事。所有这一切都是我爱听的话，很符合我当时苟且偷安的心情。

但这仅仅是事情的一面，事情还有另外一面。水泡的声威与日俱增，两手两脚上布满了泡泡和黑痂。然而客人依然不断，采访的、录音的、录像的，络绎不绝。虽经玉洁奋力阻挡，然而，撼山易，撼这种局面难。客人一到，我不敢伸手同人家握手，怕传染了人家，而且手也太不雅观。道歉的话一天不知说多少遍，简直可以录音播放。我最怕的还不是说话，而是照相，然而照相又偏偏成了应有之仪，有不少人就是为了照一张相，不远千里跋涉而来。从前照相，我可以大大方方，端坐在那里，装模作样，电光一闪，大功告成。现在我却嫌我多长了两只手。手上那些东西能够原封不动地让人照出来吗？这些东西，一旦上了报，上了电视，岂不是一失足成千古恨了吗？因此，我一听照相就觳觫不安，赶快把双手藏在背后，还得勉强"笑一笑"哩。

这样的日子好过吗？

静夜醒来，看到自己手上和脚上这一群丑类，心里要怎么恶心就怎么恶心，要怎样头痛就怎样头痛。然而却是束手无策。水泡长到别的地方，我已经习惯了。但是，我偶尔摸一下指甲盖，发现里面也充满了水，我真有点毛了。这种地方一般是不长什么东西的。今天忽然发现有了水，即使想用针去扎，也无从下手。我泄了气。

我蓦地联想到一件与此有点类似的事情。20 世纪 50 年代后期全国人民头脑发热的时候，在北京号召全城人民打麻雀的那一天，我到京西斋堂去看望下放劳动的干部，适逢大雨。下放干部告诉我，此时山上树下出现了无数的蛇洞，每一个洞口都露出一个蛇头，漫山遍野，蔚为宇宙奇观。我大吃一惊，哪敢去看！我一想到那些洞口的蛇头，身上就起鸡皮疙瘩。我眼前手脚上的丑类确不是蛇头，然而令我厌恶的程度绝不会小于那些蛇头。可是，蛇头我可以不想不看，而这些丑类却就长在我身上，如影随形，时时跟着你。我心里烦到了要发疯的程度。我真想拿一把板斧，把双手砍掉，宁愿不要双手，也不要这些丑类！

我又陷入了病与不病的怪圈。手脚上长了这么多丑恶的东西，时常去找医生，还要不厌其烦地同白矾和中草药打交道，能说不是病吗？即使退上几步，说它不过是癣疥之疾，也没能脱离了病的范畴。可是，在另一方面，能吃能睡，能接待客人，能畅读，能照相，还能看书写字，读傅彬然的日记，张学良的口述历史，怎么能说是病呢？

左右考虑，思绪不断，最后还是理智占了上风，我不得不承认，自己是在病中了。

节选自《艰苦挣扎》

死的浮想

我心中并没有真正达到我自己认为的那样的平静，对生死还没有能真正置之度外。

就在住进病房的第四天夜里，我已经上了床躺下，在尚未入睡之前我偶尔用舌尖舔了舔上颚，蓦地舔到了两个小水泡。这本来是可能已经存在的东西，只是没有舔到过而已。今天一旦舔到，忽然联想起邹铭西大夫的话和李恒进大夫对我的要求，舌头仿佛被火球烫了一下，立即紧张起来。难道水泡已经长到咽喉里面来了吗?

我此时此刻迷迷糊糊，思维中理智的成分已经所余无几，剩下的是一些接近病态的本能的东西。一个很大的“死”字突然出现在眼前，在我头顶上飞舞盘旋。在燕园里，最近十几年来我常常看到某一个老教授的门口开来救护车，老教授登车的时候心中作何感想，我不知道，但是，在我心中，我想到的却是“风萧萧兮易水寒，壮士一去兮不复还！”事实上，复还的人确实少到几乎没有。我今天难道也将变成了荆轲吗?我还能不能再见到我离家时正在十里飘香、绿盖擎天的季荷呢！我还能不能再看到那一个对我依依不舍的白色波斯猫呢?

其实，我并不是怕死。我一向认为，我是一个几乎死过一次的人。“十年浩劫”中，我曾下定决心“自绝于人民”。我在上衣口袋里，在裤子口袋里装满了安眠药片和安眠药水，想采用先进的资本主义自杀方式，以表示自己的进步。在这千钧一发之际，押解我去接受批斗的牢头禁子猛烈地踢开了我的房门，从而阻止了我到阎王爷那里去报到的可能。批斗回来以后，虽然被打得鼻青脸肿，帽子丢掉了，鞋丢掉了一只，身上全是革命小将，也或许有中将和老将吐的痰。游街仪式完成后，被一脚从汽车上踹下来的时候，躺在 11 月底的寒风中，半天爬不起来。然而，我“顿悟”了。批斗原来是这样子呀！是完全可以忍受的。我又下定决心，不再自寻短见，想活着看一看，“看你横行到几时”。

一个人临死前的心情，我完全有感性认识。我当时心情异常平静，平静到一直到今天我都难以理解的程度。老祖和德华谁也没有发现我的神情有什么变化。我对自己这种表现感到十分满意，我自认已经参透了生死奥秘，渡过了生死大关，而沾沾自喜，认为自己已经修养得差不多了，已经大大地有异于常人了。

然而黄铜当不了真金，假的就是假的，到了今天，三十多年已经过去了，自己竟然被上颚上的两个微不足道的小水泡吓破了胆，使自己的真相完全暴露于光天化日之下，这完全出乎我的意料。我自己辩解说，那天晚上的行动只不过是一阵不正常的歇斯底里爆发。但是正常的东西往往寓于不正常之中。我虽已经痴长九十二岁，对人生的参透还有极长的距离。今后仍须加紧努力。

反躬自省

三〇一医院的大夫们发扬了三高的医风，熨平了我身上的创伤，我自己想用反躬自省的手段，熨平我自己的心灵。

我想从认识自我谈起。

每一个人都有一个自我，自我当然离自己最近，应该最容易认识。事实证明正相反，自我最不容易认识。所以古希腊人才发出了 Know thyself 的惊呼。一般的情况是，人们往往把自己的才能、学问、道德、成就等评估过高，永远是自我感觉良好。这对自己是不利的，对社会也是有害的。许多人事纠纷和社会矛盾由此而生。

不管我自己有多少缺点与不足之处，但是认识自己，我是颇能做到一些的。我经常剖析自己，想回答"自己究竟是一个什么样的人"这样一个问题。我自信能够客观地实事求是地进行分析的。我认为，自己绝不是什么天才，绝不是什么奇才异能之士，自己只不过是一个中不溜丢的人，但也不能说是蠢材。我说不出，自己在哪一方面有什么特别的天赋。绘画和音乐我都喜欢，但都没有天赋。在中学读书时，在课堂上偷偷地给老师画像，我的同桌同学画得比我更像老师，我不得不心服。我羡慕许多同学都能拿出一手儿来，唯独我什么也拿不出。

我想在这里谈一谈我对天才的看法。在世界和中国历史上，确实有过天才。我都没能够碰到。但是，在古代，在现代，在中国，在外国，自命天才的人却层出不穷。我也曾遇到不少这样的人。他们那一副自命不凡的天才相，令人不敢向迩。别人嗤之以鼻，而这些“天才”则巍然不动，挥斥激扬，乐不可支。此种人物列入《儒林外史》是再合适不过的。我除了敬佩他们的脸皮厚之外，无话可说。我常常想，天才往往是偏才。他们大脑里一切产生智慧或灵感的构件集中在某一个点上，别的地方一概不管，这一点就是他的天才之所在。天才有时候同疯狂融在一起，画家梵高就是一个好例子。

在伦理道德方面，我的基础也不雄厚和巩固。我绝没有现在社会上认为的那样好，那样清高。在这方面，我有我的一套“理论”。我认为，人从动物群体中脱颖而出，变成了人。除了人的本质外，动物的本质也还保留了不少。一切生物的本能，即所谓“性”，都是一样的，即一要生存，二要温饱，三要发展。在这条路上，倘有障碍，必将本能地下死力排除之。根据我的观察，生物还有争胜或求胜的本能，总想压倒别的东西，一枝独秀。这种本能人当然也有。我们常讲，在世界上，争来争去，不外名利两件事。名是为了满足求胜的本能，而利则是为了满足求生。二者联系密切，相辅相成，成为人类的公害，谁也铲除不掉。古今中外的圣人贤人们都尽过力量，而所获只能说是有限。

至于我自己，一般人的印象是：我比较淡泊名利。其实这只是一个假象，我名利之心兼而有之。只因我的环境对我有大裨益，所以才造成了这一个假象。我在四十多岁时，一个中国知识分子当时所能追求的最高荣誉，我已经全部拿到手。在学术上是中国科学院学部委员，即后来的院士；在教育界是一级教授；在政治上是全国政协委员。学术和教育我已经爬到了百尺竿头，再往上就没有什么阶梯了。我难道还想登天做神仙吗？因此，以后几十年的提升提级活动我都无权参加，只是领导而已。假如我当时是一个二级教授——在大学中这已经不低了，我一定会渴望再爬上一级的。不过，我在这里必须补充几句。即使我想再往上爬，我决不会奔走、钻营、吹牛、拍马，只问目的，不择手段。那不是我的作风，我一辈子没有干过。

写到这里，就跟一个比较抽象的理论问题挂上了钩：什么叫好人？什么叫坏人？什么叫好？什么叫坏？我没有看过伦理教科书，不知道其中有没有这样的定义。我自己悟出了一套看法，当然是极端粗浅的，甚至是原始的。我认为，一个人一生要处理好三个关系：天人关系，也就是人与大自然的关系；人人关系，也就是社会关系；个人思想和感情中矛盾和平衡的关系。处理好了，人类就能够进步，社会就能够发展。好人与坏人的问题属于社会关系。因此，我在这里专门谈社会关系，其他两个就不说了。

正确处理人与人的关系，主要是处理利害关系。每个人都有自己的利益，都关心自己的利益。而这种利益又常常会同别人有矛盾的。有了你的利益，就没有我的利益。你的利益多了，我的就会减少。怎样解决这个矛盾就成了芸芸众生最棘手的问题。

人类毕竟是有思想能思维的动物。在这种极端错综复杂的利益矛盾中，他们绝大部分人都能有分析评判的能力。至于哲学家所说的良知和良能，我说不清楚。人们能够分清是非善恶，自己处理好问题。在这里无非是有两种态度，既考虑自己的利益，为自己着想，也考虑别人的利益，为别人着想。极少数人只考虑自己的利益，而又以残暴的手段攫取别人的利益者，是为害群之马，国家必绳之以法，以保证社会的安定团结。

这也是衡量一个人好坏的基础。地球上没有天堂乐园，也没有小说中所说的“君子国”。对一般人民的道德水平不要提出过高的要求。一个人除了为自己着想外，能为别人着想的水平达到百分之六十，他就算是一个好人。水平越高，当然越好。那样高的水平恐怕只有少数人能达到了。

大概由于我水平太低，我不大敢同意“毫不利己，专门利人”这种提法，一个“毫不”，再加上一个“专门”，把话说得满到不能再满的程度。试问天下人有几个人能做到。提这个口号的人怎样呢？这种口号只能吓唬人，叫人望而却步，绝起不到提高人们道德水平的作用。

至于我自己，我是一个谨小慎微、性格内向的人。考虑问题有时候细入毫发。我考虑别人的利益，为别人着想，我自认能达到百分之六十。我只能把自己划归好人一类。我过去犯过许多错误，伤害了一些人。但那绝不是有意为之，是为我的水平低修养不够所支配的。在这里，我还必须再做一下老王，自我吹嘘一番。在大是大非问题前面，我会一反谨小慎微的本性，挺身而出，完全不计个人利害。我觉得，这是我身上的亮点，颇值得骄傲的。总之，我给自己的评价是：一个平平常常的好人，但不是一个不讲原则的滥好人。

现在我想重点谈一谈对自己当前处境的反思。

我生长在鲁西北贫困地区一个僻远的小村庄里。晚年，一个幼年时的伙伴对我说："你们家连贫农都够不上！"在家六年，几乎不知肉味，平常吃的是红高粱饼子，白馒头只有大奶奶给吃过。没有钱买盐，只能从盐碱地里挖土煮水腌咸菜。母亲一字不识，一辈子季赵氏，连个名都没有捞上。

我现在一闭眼就看到一个小男孩，在夏天里浑身上下一丝不挂，滚在黄土地里，然后跳入浑浊的小河里去冲洗。再滚，再冲；再冲，再滚。

"难道这就是我吗？"

"不错，这就是你！"

六岁那年，我从那个小村庄里走出，走向通都大邑，一走就走了将近九十年。我走过阳关大道，也跨过独木小桥。有时候歪打正着，有时候也正打歪着。坎坎坷坷，跌跌撞撞，磕磕碰碰，推推搡搡，云里雾里。不知不觉就走到了现在的九十二岁，超过古稀之年二十多岁了。岂不大可喜哉！又岂不大可惧哉！我仿佛大梦初觉一样，糊里糊涂地成为一位名人。现在正住在三〇一医院雍容华贵的高干病房里。同我九十年前出发时的情况相比，只有李后主的“天上人间”四个字差堪比拟于万一。我不大相信这是真的。

我在上面曾经说到，名利之心，人皆有之。我这样一个平凡的人，有了点名，感到高兴，是人之常情。我只想说一句，我确实没有为了出名而去钻营。我经常说，我少无大志，中无大志，老也无大志。这都是实情。能够有点小名小利，自己也就满足了。可是现在的情况却不是这样子。已经有了几本传记，听说还有人正在写作。至于单篇的文章数量更大，其中说的当然都是好话，当然免不了大量溢美之词。别人写的传记和文章，我基本上都不看。我感谢作者，他们都是一片好心。我经常说，我没有那样好，那是对我的鞭策和鼓励。

我感到惭愧。

常言道：“人怕出名猪怕壮。”一点小小的虚名竟能给我招来这样的麻烦，不身历其境者是不能理解的。麻烦是错综复杂的，我自己也理不出个头绪来。我现在，想到什么就写点什么，绝对是写不全的。首先是出席会议。有些会议同我关系实在不大，但却又非出席不行，据说这涉及会议的规格。在这一顶大帽子下面，我只能勉为其难了。其次是接待来访者，只这一项就头绪万端。老朋友的来访，什么时候都会给我带来欢悦，不在此列。我讲的是陌生人的来访，学校领导在我的大门上贴出布告：谢绝访问。但大多数人却熟视无睹，置之不理，照样大声敲门。外地来的人，其中多半是青年人，不远千里，为了某一些原因，要求见我。如见不到，他们能在门外荷塘旁等上几个小时，甚至住在校外旅店里，每天来我家附近一次。他们来的目的多种多样，但是大体上以想上北大为最多。他们慕北大之名，可惜考试未能及格。他们错认我有无穷无尽的能力和权力，能帮助自己。另外想到北京找工作的也有，想找我签个名照张相的也有。这种事情说也说不完。我家里的人告诉他们我不在家。于是我就不敢在临街的屋子里抬头，当然更不敢出门，我成了“囚徒”。其次是来信。我每天都会收到陌生人的几封信。有的也多与求学有关。有极少数的男女大孩子向我诉说思想感情方面的一些问题和困惑。据他们自己说，这些事连自己的父母都没有告诉。我读了真正是万分感动，遍体温暖。我有何德何能，竟能让纯真无邪的大孩子如此信任！据说，外面传说，我每信必复。我最初确实有这样的愿望。但是，时间和精力都有限，只好让李玉洁女士承担写回信的任务。这个任务成了德国人口中常说的“硬核桃”。其次是寄来的稿子，要我“评阅”，提意见，写序言，甚至推荐出版。其中有洋洋数十万言之作。我哪里有能力有时间读这些原稿呢？有时候往旁边一放，为新来的信件所覆盖。过了不知多少时候，原作者来信催还原稿。这却使我作了难，“只在此室中，书深不知处”了。如果原作者只有这么一本原稿，那我的罪孽可就大了。其次是要求写字的人多，求我的“墨宝”，有的是楼台名称，有的是展览会的会名，有的是书名，有的是题词，总之是花样很多。一提“墨宝”，我就汗颜。小时候确实练过字。但是，一入大学，就再没有练过书法，以后长期居住在国外，连笔墨都看不见，何来“墨宝”。现在，到了老年，忽然变成了“书法家”，竟还有人把我的“书法”拿到书展上去示众，我自己都觉得可笑！有比较老实的人，暗示给我：他们所求的不过“季羡林”三个字。这样一来，我的心反而平静了一点，下定决心：你不怕丑，我就敢写。其次是广播电台、电视台，还有一些什么台，以及一些报纸杂志编辑部的录像采访。这使我最感到麻烦。我也会说一些谎话的。但我的本性是有时嘴上没遮掩，有时说溜了嘴，在过去，你还能要点无赖，硬不承认。今天他们人人手里都有录音机，“君子一言，驷马难追”，同他们订君子协定，答应删掉。但是，多数是原封不动，和盘端出，让你哭笑不得。上面的这一段诉苦已经够长的了，但是还远远不够，苦再诉下去，也了无意义，就此打住。

我虽然有这样多麻烦，但我并没有被麻烦压倒。我照常我行我素，做自己的工作。我一向关心国内外的学术动态。我不厌其烦地鼓励我的学生阅读国内外与自己研究工作有关的学术刊物。一般是浏览，重点必须细读。为学贵在创新。如果连国内外的“新”都不知道，你的“新”何从创起？我自己很难到大图书馆看杂志了。幸而承蒙许多学术刊物的主编不弃，定期寄赠。我才得以拜读，了解了不少当前学术研究的情况和结果，不致闭目塞听。我自己的研究工作仍然照常进行。遗憾的是，许多多年来就想研究的大题目，曾经积累过一些材料，现在拿起来一看，顿时想到自己的年龄，只能像玄奘当年那样，叹一口气说：“自量气力，不复办此。”

对当前学术研究的情况，我也有自己的一套看法，仍然是顿悟式地得来的。我觉得，在过去，人文社会科学学者在进行科研工作时，最费时间的工作是搜集资料，往往穷年累月，还难以获得多大成果。现在电子计算机光盘一旦被发明，大部分古籍都已收入。不费吹灰之力，就能涸泽而渔。过去最繁重的工作成为最轻松的了。有人可能掉以轻心，我却有我的忧虑。将来的文章由于资料丰满可能越来越长，而疏漏则可能越来越多。光盘不可能把所有的文献都吸引进去，而且考古发掘还会不时有新的文献呈现出来。这些文献有时候比已有的文献还更重要，万万不能忽视的。好多人都承认，现在学术界急功近利、浮躁之风已经有所抬头，剽窃就是其中最显著的表现，这应该引起人们的戒心。我在这里抄一段朱子的话，献给大家。朱子说："圣人言语，一步是一步。近来一种议论，只是跳踯。初则两三步做一步，甚则十数步做一步，又甚则千百步做一步。所以学之者皆颠狂。"（《朱子语类》一百二十四）愿与大家共勉力戒之。

我现在想借这个机会廓清与我有关的几个问题。

辞"国学大师"

现在在某些比较正式的文件中，在我头顶上也出现"国学大师"这一灿烂辉煌的光环。这并非无中生有，其中有一段历史渊源。

约莫十几二十年前，中国的改革开放大见成效，经济飞速发展。文化建设方面也相应地活跃起来。有一次在还没有改建的大讲堂里开了一个什么会，专门向同学们谈国学，中华文化的一部分毕竟是保留在所谓"国学"中的。当时在主席台上共坐着五位教授，每个人都讲上一通。我是被排在第一位的，说了些什么话，现在已忘得干干净净。《人民日报》的一位资深记者是北大校友，“于无声处听惊雷”，在报上写了一篇长文《国学，在燕园又悄然升起》。从此以后，其中四位教授，包括我在内，就被称为“国学大师”。他们三位的国学基础都比我强得多。他们对这一顶桂冠的想法如何，我不清楚。我自己被戴上了这一顶桂冠，却是浑身起鸡皮疙瘩。这情况引起了一位学者（或者别的什么“者”）的“义愤”，触动了他的特异功能，在杂志上著文说，提倡国学是对抗马克思主义。这话真是石破天惊，匪夷所思，让我目瞪口呆。一直到现在，我仍然没有想通。

说到国学基础，我从小学起就读经书、古文、诗词，对一些重要的经典著作有所涉猎。但是我对哪一部古典，哪一个作家都没有下过死功夫，因为我从来没想成为一个国学家。后来专治其他的学术，浸淫其中，乐不可支。除了尚能背诵几百首诗词和几十篇古文外，除了尚能在最大的宏观上谈一些与国学有关的自谓是大而有当的问题，比如天人合一外，自己的国学知识并没有增加。环顾左右，朋友中国学基础胜于自己者，大有人在。在这样的情况下，我竟独占“国学大师”的尊号，岂不折煞老身（借用京剧女角词）！我连“国学小师”都不够，遑论“大师”！

为此，我在这里昭告天下：请从我头顶上把“国学大师”的桂冠摘下来。

辞“学界（术）泰斗”

这要分两层来讲：一个是教育界，一个是人文社会科学界。

先要弄清楚什么叫“泰斗”。泰者，泰山也；斗者，北斗也。两者都被认为是至高无上的东西。

先谈教育界。我一生做教书匠，爬格子。在国外教书十年，在国内五十七年。人们常说：“没有功劳，也有苦劳。”特别是在过去几十年中，天天运动，花样翻新，总的目的就是让你不得安闲，神经时时刻刻都处在万分紧张的情况中。在这样的情况下，我一直担任行政工作，想要做出什么成绩，岂不戛戛乎难矣哉！我这个“泰斗”从哪里讲起呢？

在人文社会科学的研究中，说我做出了极大的成绩，那不是事实。说我一点成绩都没有，那也不符合实际情况。这样的人，滔滔者天下皆是也。但是，现在却偏偏把我“打”成泰斗。我这个泰斗又从哪里讲起呢？

为此，我在这里昭告天下：请从我头顶上把“学界（术）泰斗”的桂冠摘下来。

辞“国宝”

在中国，一提到“国宝”，人们一定会立刻想到人见人爱、憨态可掬的大熊猫。这种动物数量极少，而且只有中国有，称之为“国宝”，它是当之无愧的。

可是，在八九十来年前，在一次会议上，北京市的一位领导突然称我为“国宝”，我极为惊愕。到了今天，我所到之处，“国宝”之声洋洋乎盈耳矣。我实在是大惑不解。当然，“国宝”这一顶桂冠并没有为我一人所垄断，其他几位书画名家也有此称号。

我浮想联翩，想探寻一下起名的来源。是不是因为中国只有一个季羡林，所以他就成为“宝”。但是，中国的赵一、钱二、孙三、李四，等等，等等，也都只有一个，难道中国能有十三亿“国宝”吗？

这种事情，痴想无益，也完全没有必要。我来一个急刹车。

为此，我在这里昭告天下：请从我头顶上把“国宝”的桂冠摘下来。

三顶桂冠一摘，还了我一个自由自在身。身上的泡沫洗掉了，露出了真面目，皆大欢喜。

露出了真面目，自己是不是就成了原来蒙着华贵绸罩的朽木架子而今却完全塌了架了呢？

也不是的。

我自己是喜欢而且习惯于讲点实话的人。讲别人，讲自己，我都希望能够讲得实事求是，水分越少越好。我自己觉得，桂冠取掉，里面还不是一堆朽木，还是有颇为坚实的东西的。至于别人怎样看我，我并不十分清楚。因为，正如我在上面说的那样，别人写我的文章我基本上是不读的，我怕里面的溢美之词。现在困居病房，长昼无聊，除了照样舞笔弄墨之外，也常考虑一些与自己学术研究有关的问题，凭自己那一点自知之明，考虑自己学术上有否“功业”，有什么“功业”。我尽量保持客观态度。过于谦虚是矫情，过于自吹自擂是老王，二者皆为我所不敢取。我在下面就“夫子自道”一番。

我常常戏称自己为“杂家”。我对人文社会科学领域内，甚至科技领域内的许多方面都感兴趣。我常说自己是“样样通，样样松”。这话并不确切。很多方面我不通，有一些方面也不松。合辙押韵，说着好玩而已。

我从事科学研究工作，已经有七十年的历史。我这个人在任何方面都是后知后觉。研究开始时并没有显露出什么奇才异能，连我自己都不满意。后来逐渐似乎开了点窍，到了德国以后，才算是走上了正路。但一旦走上了正路，走的就是快车道。回国以后，受到了众多的干扰，“十年浩劫”中完全停止。改革开放，新风吹起。我又重新上路，到现在已有二十多年了。

根据我自己的估算，我的学术研究的第一阶段是德国十年。研究的主要方向是原始佛教梵语，我的博士论文就是这方面的题目。在论文中，我论到了一个可以说是被我发现的新的语尾，据说在印欧语系比较语言学上颇有重要意义，引起了比较语言学教授的极大关怀。到了1965年，我还在印度语言学会出版的《Indian Linguistics》Vol. Ⅱ发表了一篇《On the Ending neatha for the First Rerson Rlunel Atm.in the Buddhist mixed Dialect》。这是我博士论文的持续发展。当年除了博士论文外，我还写了两篇比较重要的论文，一篇是讲不定过去时的，一篇讲 -am · > o, u。都发表在哥廷根科学院院刊上。在德国，科学院是最高学术机构，并不是每一个教授都能成为院士。德国规矩，一个系只有一个教授，无所谓系主任。每一个学科全国也不过有二三十个教授，比不了我们现在大学中一个系的教授数量。在这样的情况下，再选院士，其难可知。科学院的院刊当然都是代表最高学术水平的。我以一个三十岁刚出头的异国的毛头小伙子竟能在上面连续发表文章，要说不沾沾自喜，那就是纯粹的谎话了。而且我在文章中提出的结论至今仍能成立，还有新出现的材料来证明，足以自慰了。此时还写了一篇关于解谈吐火罗文的文章。

1946年回国以后，由于缺少最起码的资料和书刊，原来做的研究工作无法进行，只能改行，我就转向佛教史研究，包括印度、中亚以及中国佛教史在内。在印度佛教史方面，我给与释迦牟尼有不共戴天之仇的提婆达多翻了案，平了反。公元前五六世纪的北天竺，西部是婆罗门的保守势力，东部则兴起了新兴思潮，是前进的思潮，佛教代表的就是这种思潮。提婆达多同佛祖对着干，事实俱在，不容怀疑。但是，他的思想和学说的本质是什么，我一直没弄清楚。我觉得，古今中外写佛教史者可谓多矣，却没有一人提出这个问题，这对真正印度佛教史的研究是不利的。在中亚和中国内地的佛教信仰中，我发现了弥勒信仰的重要作用，也可以算是发前人未发之覆。我那两篇关于“浮屠”与“佛”的文章，篇幅不长，却解决了佛教传入中国的道路的大问题，可惜没引起重视。

我一向重视文化交流的作用和研究。我是一个文化多元论者，我认为，文化一元论有点法西斯味道。在历史上，世界民族，无论大小，大多数都对人类文化做出了贡献。文化一产生，就必然会交流，互学，互补，从而推动了人类社会的进步。我们难以想象，如果没有文化交流，今天的世界会是一个什么样子。在这方面，我不但写过不少的文章，而且在我的许多著作中也贯彻了这种精神。长达约八十万字的《糖史》就是一个好例子。

提到了《糖史》，我就来讲一讲这一部书完成的情况。我发现，现在世界上流行的大语言中，“糖”这一个词儿几乎都是转弯抹角地出自印度梵文的 s'arkara 这个字。我从而领悟到，在糖这种微末不足道的日常用品中竟隐含着一段人类文化交流史。于是我从很多年前就着手搜集这方面的资料。在德国读书时，我在汉学研究所曾翻阅过大量的中国笔记，记得里面颇有一些关于糖的资料。可惜当时我脑袋里还没有这个问题，就视而不见，空空放过，而今再想弥补，是绝对不可能的事情了。今天有了这问题，只能从头做起。最初，电子计算机还很少很少，而且技术大概也没有过关。即使过了关，也不可能把所有的古籍或今籍一下子都收入。留给我的只有一条笨办法：自己查书。然而，群籍浩如烟海，穷我毕生之力，也是难以查遍的。幸而我所在的地方好，北大藏书甲上庠，查阅方便。即使这样，我也要定一个范围。我以善本部和楼上的教员阅览室为基地，有必要时再走出基地。教员阅览室有两层楼的书库，藏书十余万册。于是在我八十多岁后，正是古人“含饴弄孙”的时候，我却开始向科研冲刺了。我每天走七八里路，从我家到大图书馆，除星期日大馆善本部闭馆外，不管是冬天，还是夏天；不管是刮风下雨，还是坚冰在地，我从未间断过。如是者将及两年，我终于翻遍了书库，并且还翻阅了《四库全书》中有关典籍，特别是医书。我发现了一些规律。首先是，在中国最初只饮蔗浆，用蔗制糖的时间比较晚。其次，同在古代波斯一样，糖最初是用来治病的，不是调味的。再次，从中国医书上来看，使用糖的频率越来越小，最后几乎很少见了。最后，也是最重要的一点，把原来是红色的蔗汁熬成的糖浆提炼成洁白如雪的白糖的技术是中国发明的。到现在，世界上只有两部大型的《糖史》，一为德文，算是世界名著；一为英文，材料比较新。在我写《糖史》第二部分，国际部分时，曾引用过这两部书中的一些资料。做学问，搜集资料，我一向主张要有一股“竭泽而渔”的劲头，不能贪图省力，打马虎眼。

既然讲到了耄耋之年向科学进军的情况，我就讲一讲有关吐火罗文研究。我在德国时，本来不想再学别的语言了，因为已经学了不少，超过了我这个小脑袋瓜的负荷能力。但是，那一位像自己祖父般的西克（E.Sieg）教授一定要把他毕生所掌握的绝招统统传授给我。我只能向他那火一般的热情屈服，学习了吐火罗文 A 焉耆语和吐火罗文 B 龟兹语。我当时写过一篇文章，讲《福力太子因缘经》的诸异本，解决了吐火罗文本中的一些问题，确定了几个过去无法认识的词儿的含义。回国以后，也是由于缺乏资料，只好忍痛与吐火罗文告别，几十年没有碰过。20 世纪 70 年代，在新疆焉耆县七个星断壁残垣中发掘出来了吐火罗文 A 的《弥勒会见记剧本》残卷。新疆博物馆的负责人亲临寒舍，要求我加以解读。我由于没有信心，坚决拒绝。但是他们苦求不已，我只能答应下来，试一试看。结果是，我的运气好，翻了几张，书名就赫然出现:《弥勒会见记剧本》。我大喜过望。于是在冲刺完了《糖史》以后，立即向吐火罗文进军。我根据回鹘文同书的译本，把吐火罗文本整理了一番，理出一个头绪来。陆续翻译了一些，有的用中文，有的用英文，译文间有错误。到了20世纪90年代后期，我集中精力，把全部残卷译成了英文。我请了两位国际上公认是吐火罗文权威的学者帮助我，一位德国学者，一位法国学者。法国学者补译了一段，其余的百分之九十七八以上的工作都是我做的。即使我再谦虚，我也只能说，在当前国际上吐火罗文研究最前沿上，中国已经有了位置。

下面谈一谈自己的散文创作。我从中学起就好舞笔弄墨。到了高中，受到了董秋芳老师的鼓励。从那以后的七十年中，一直写作不辍。我认为是纯散文的也写了几十万字之多。但我自己喜欢的却为数极少。评论家也有评我的散文的，一般说来，我都是不看的。我觉得，文艺评论是一门独立的科学，不必与创作挂钩太亲密。世界各国的伟大作品没有哪一部是根据评论家的意见创作出来的。正相反，伟大作品倒是评论家的研究对象。目前的中国文坛上，散文又似乎是引起了一点小小的风波，有人认为散文处境尴尬，等等，皆为我所不解。中国是世界散文大国，两千多年来出现了大量优秀作品，风格各异，至今还为人所诵读，并不觉得不新鲜。今天的散文作家大可以尽量发挥自己的风格，只要作品好，有人读，就算达到了目的，凭空作南冠之泣是极为无聊的。前几天，病房里的一位小护士告诉我，她在回家的路上一气读了我五篇散文，她觉得自己的思想感情有向上的感觉。这种天真无邪的评语是对我最高的鼓励。

最后，还要说几句关于翻译的话。我从不同文字中翻译了不少文学作品，其中最主要的当然是印度大史诗《罗摩衍那》。

以上是我根据我那一点自知之明对自己“功业”的评估，是我的“优胜纪略”。但是，我自己最满意的还不是这些东西，而是自己胡思乱想关于“天人合一”的新解。至少在十几年前，我就想到了一个问题。大自然中出现了不少问题，比如生态平衡破坏、植物灭种、臭氧出洞、气候变暖、淡水资源匮乏、新疾病产生，等等，等等。哪一样不遏制，人类发展前途都会受到影响。我认为，这些危害都是西方与大自然为敌，要征服自然的结果。西方哲人歌德、雪莱、恩格斯等早已提出了警告。可惜听之者寡，情况越来越严重，各国政府，甚至联合国才纷纷提出了环保问题。我并不是什么先知先觉，只是感觉到了，不得不大声疾呼而已。我的“天人合一”要求的是人与大自然要做朋友，不要成为敌人。我们要时刻记住恩格斯的话：大自然是会报复的。

以上就是我的“夫子自道”，“道”得准确与否，不敢说。但是，“道”的都是真话。

此外，在提倡新兴学科方面，我也做了一些工作，比如敦煌学，我在这方面没有写过多少文章，但对团结学者和推动这项研究工作，我却做出了一些贡献。又如比较文学，关于比较文学的理论问题，我几乎没有写过文章，因为我没有研究。但是中国第一个比较文学研究会却是在北大成立的，可以说是开风气之先。此外，我还主编了几种大型的学术丛书，首先就是《东方文化集成》，准备出五百种，用高水平的研究成果，向世界人民展示什么叫东方文化。我还帮助编纂了《四库全书存目丛书》，取得了很大的成功。其余几种现在先不介绍了。我觉得有相当大意义的工作是我把印度学引进了中国，或者也可以说，在中国过去有光辉历史的有上千年历史的印度研究又重新恢复起来。现在已经有了几代传人，方兴未艾。要说从我身上还有什么值得学习的东西，那就是勤奋。我一生不敢懈怠。

总而言之，我就是通过这一些“功业”获得了名声，大都是不虞之誉。政府、人民，以及学校给予我的待遇，同我对人民和学校所做的贡献，相差不可以道里计。我心里始终感到疚愧不安。现在有了病，又以一个文职的教书匠硬是挤进了部队军长以上的高干疗养的病房，冒充了四十五天的“首长”。政府与人民待我可谓厚矣。扪心自问，我何德何才，获此殊遇!

就在进院以后，专家们都看出了我这一场病的严重性，是一场能致命的不大多见的病。我自己却还糊里糊涂，掉以轻心，溜溜达达，走到阎王爷驾前去报到。大概由于文件上一百多块图章数目不够，或者红包不够丰满，被拒收，我才又走回来，再也不敢三心二意了，一住就是四十五天，捡了一条命。

我在医院中是一个非常特殊的病人，一般的情况是，病人住院专治一种病，至多两种。我却一气治了四种病。我的重点是皮肤科，但借住在呼吸道科病房里，于是大夫也把我吸收为他们的病人。一次我偶尔提到，我的牙龈溃疡了。院领导立刻安排到牙科去，由主任亲自动手，把我的牙整治如新。眼科也是很偶然的。我们认识魏主任，他说要给我治眼睛。我的眼睛毛病很多，他作为专家，一眼就看出来了。细致的检查，认真的观察，在十分忙碌的情况下，最后他说了一句铿锵有力的话："我放心了！" 我听了当然也放心了。他又说，今后五六年中没有问题。最后还配了一副我生平最满意的眼镜。

上面讲的主要是医疗方面的情况。我在这里还领略人情之美。我进院时，是病人对医生的关系。虽然受到院长、政委、几位副院长，以及一些科主任和大夫的礼遇，仍然不过是这种关系的表现。

但是，悄没声地这种关系起了变化。我同几位大夫逐渐从病人医生的关系转向朋友的关系，虽然还不能说无话不谈，但却能谈得很深，讲一些蕴藏在心灵中的真话。常言道："对人只讲三分话，不能闲抛一片心。"讲点真话，也并不容易的。此外，我同本科的护士长、护士，甚至打扫卫生的外地来的小女孩，也都逐渐熟了起来，连给首长陪住的解放军战士也都成了我的忘年交，其乐融融。

我的七十年前的老学生，原三〇一副院长牟善初，至今已到了望九之年，仍然每天穿上白大褂，巡视病房。他经常由周大夫陪着到我屋里来闲聊。七十年的漫长岁月并没有隔断我们的师生之情，不也是人生一大快事吗？

我的许多老少朋友，包括江牧岳先生在内，亲临医院来看我。如果不是三〇一门禁极为森严，则每天探视的人将挤破大门。我真正感觉到了，人间毕竟是温暖的，生命毕竟是可爱的，生活着毕竟是美丽的（我本来不喜欢某女作家的这一句话，现在姑借用之）。

我初入院时，陌生的感觉相当严重。但是，现在我要离开这里了，却产生了浓烈的依依难舍的感情。“客房回看成乐园”，我不禁一步三回首了。

回家

从医院里捡回来了一条命，终于带着它回家来了。

由于自己的幼稚、固执，迷信“癣疥之疾”的说法，竟走到了向阎王爷那里去报到的地步。也许是因为文件盖的图章不够数，或者红包不够丰满，被拒收，又溜达回来，住进了三〇一医院。这一所医德、医术、医风三高的医院，把性命奇迹般地还给了我，给了我一次名副其实的新生。

现在我回家来了。

什么叫家？以前没有研究过。现在忽然间提了出来，仍然是回答不上来。要说家是比较长期居住的地方，那么，在欧洲游荡了几百年的吉卜赛人住在流动不居的大车上，这算不算家呢？

我现在不想仔细研究这种介乎形而上学和形而下学之间的学问。还是让我从医院说起吧。

这一所医院是全国著名的，称之为超一流，是完全名副其实的。我相信，即使是最爱挑剔的人也绝不会挑出什么毛病来。从医疗设备到医生水平，到病房的布置，到服务态度，到工作效率，等等，无不尽如人意。就是这样一个地方，我初搬入的时候，心情还浮躁过一阵，我想到我那在燕园垂柳深处的家，还有我那盈塘季荷和小波斯猫。但是住过一阵之后，我的心情平静了，我觉得住在这里就像是住在天堂乐园里一般。一个个穿白大褂的护士小姐都像是天使，幸福就在这白色光芒里闪烁。我过了一段十分愉快的生活。约莫一个月以后，病情已经快达到了痊愈的程度。虽然我的生活仍然十分甜美，手脚上长出来的丑类已经完全消灭。笔墨照舞照弄不误。我的心情却无端又浮躁起来。我想到，此地“信美非吾土”。我又想到了我那盈塘的季荷和小波斯猫。我要回家了。

回到朗润园的时候，已是黄昏时分。韩愈诗“黄昏到寺蝙蝠飞”，我现在是“黄昏到园蝙蝠飞”，空中确有蝙蝠飞着。全园还没有到灯火辉煌的程度。在薄暗中，盈塘荷花的绿叶显不出绿色，只是灰蒙蒙的一片。独有我那小波斯猫，不知是从什么地方窜了出来，坐下惊愕了一阵，认出了是我，立即跳了上来，在我的两腿间蹭来蹭去，没完没了。它好像是要说：“老伙计呀！你可是到哪里去了？叫我好想呀！”我一进屋，它立即跳到我的怀里，无论如何，也不离开。

第二天早晨，我照例四点多起床。最初，外面还是一片黢黑，什么东西也看不清。不久，东方渐渐白了起来，天蒙蒙亮了。早晨锻炼的人开始出来了。一个穿红衣服的小伙子跑步向西边去了。接着就从西面走来了那一位挺着大肚子的中年妇女，跟在后面距离不太远的是那一位寡居的教授夫人。这些人都是我天天早上必先见到的人物，今天也不例外。一恍神，我好像根本没有离开过这里。在医院里的四十五天，好像是在宇宙间根本没有存在过，在时间上等于一个零。

等到天光大亮的时候，我仔细观察我的季荷。此时，绿盖满塘，浓碧盈空，看了令人精神为之一振。“心有灵犀一点通”，中国人相信人心是能相通的。我现在却相信，荷花也是有灵魂的，它与人心也是能相通的。我的荷花掐指一算，我今年当有新生之喜，于是憋足了劲儿要大开一番，以示庆祝。第一朵花正开在我的窗前，是想给我一个信号。孤零零的一大朵红花，朝开夜合，确实带给了我极大的欢悦。可是荷花万没有想到，连我自己都没有想到嘛，我突然住进了医院。听北大到医院来看我的人说，荷花先是一朵，后是几朵，再后是十几朵，几十朵，上百朵，超过一百朵，开得盈塘盈池，红光照亮了朗润园，成了燕园中一道亮丽的风景线。可惜我在医院里不能亲自欣赏，只有躺在那里玄想了。

我把眼再略微抬高了一点儿，看到荷塘对岸的万众楼，依然雕梁画栋，金碧辉煌。楼名是我题写的。因为楼是西向的，我记得过去只有在夕阳返照中才能看清楚那三个金光闪闪的大字。今天，朝阳从楼后升起，楼前当然是黑的，但不知什么东西把阳光反射了回去，那三个大字正处在光环中，依然金光闪闪。这是极细微的小事，但是，我坐在这里却感到有无穷的逸趣。

与万众楼隔塘对峙是一座小山，出我的楼门，左拐走十余步就能走到。记得若干年前，一到深秋，山上的树丛叶子颜色一变，地上的草一露枯黄相，就给人以萧瑟凄清的感觉，这正是悲秋的最佳时刻。后来栽上了丰花月季，据说一年能开花十个月。前几年，一个初冬，忽然下起了一场大雪。小山上的树枝都变成了赤条条毫无牵挂。长在地上的东西都被覆盖在一片茫茫的白色之下。令我吃惊的是，我瞥见一枝月季，从雪中挺出，顶端开着一朵小花，鲜红浓艳，傲雪独立。它仿佛带给我了灵感，带给我了活力，带给我了无穷无尽的希望。我一时狂欢不能自禁。

小山上，树木丛杂，野草遍地，是鸟类的天堂。当前全世界人口爆炸，人与鸟兽争夺生存空间。燕园这一大片地带，如果从空中下看的话，一定是一片浓绿，正是鸟类所垂青的地方。因此，这里的鸟类相对来说是比较多的。每天早晨，最先出现的往往是几只喜鹊，在山上塘边树枝间跳来跳去，兴高采烈。接着出场的是成群的灰喜鹊，也是在树枝间蹦蹦跳跳，兴高采烈。到了春天，当然会有成群的燕子飞来助兴。此时，啄木鸟也必然飞来凑趣，把古树敲得砰砰作响，好像要给这一场万籁齐鸣的音乐会敲起鼓点儿。空中又响起了布谷鸟清脆的鸣声，由远到近，又由近到远，终于消逝在太空中。我感到遗憾的是，以前每天都看到乌鸦从城里飞向远郊，成百，上千，黑压压一片。今天则片影无存了。我又遗憾见不到多少麻雀。20世纪50年代被某一个人无端定为“四害”之一的麻雀，曾被全国人民群起而攻之，酿成了举世闻名的闹剧。现在则濒于灭绝。在小山上偶尔见到几只，灰头土脑，然而却惊为奇宝了。

幼时读唐诗，读了“西塞山前白鹭飞”“两个黄鹂鸣翠柳，一行白鹭上青天”，曾向往白鹭青天的境界，只是没有亲眼看见过。一直到1951年访问印度，曾在从加尔各答乘车到国际大学的路上，在一片浓绿的树木和荷塘上面的天空里，才第一次看到白鹭上青大的情景，顾而乐之。第二次见到白鹭是在前几年游广东佛山的时候。在一片大湖的颇为遥远的对岸上绿树成林，树上都开着白色的大花朵。最初我真以为是花。然而不久却发现，有的花朵竟然飞动起来，才知道不是花朵而是白鸟。我又顾而乐之。其实就在我入医院前不久，我曾瞥见一只白鸟从远处飞来，一头扎进荷叶丛中，不知道在里面鼓捣了些什么，过了许久，又从另一个地方飞出荷叶丛，直上青天，转瞬就消逝得无影无踪了。我难道能不顾而乐之吗？

现在我仍然枯坐在临窗的书桌旁边，时间是回家的第二天早上。我的身子确实没有挪窝儿，但是思想却是活跃异常。我想到过去，想到眼前，又想到未来，甚至神驰万里想到了印度。时序虽已是深秋，但是我的心中却仍是春意盎然。我眼前所看到的，脑海里所想到的东西，无一不笼罩上一团玫瑰般的嫣红，无一不闪出耀眼的光芒。记得小时候常见到贴在大门上的一副对联："万物静观皆自得，四时佳兴与人同。"现在朗润园中的万物，鸟兽虫鱼，花草树木，无不自得其乐。连这里的天都似乎特别蓝，水都似乎特别清。眼睛所到之处，无不令我心旷神怡。思想所到之处，无不令我逸兴遄飞。我真觉得，大自然特别可爱，生命特别可爱，人类特别可爱，一切有生无生之物特别可爱，祖国特别可爱，宇宙万物无有不可爱者。欢喜充满了三千大千世界。

现在我十分清醒地意识到，我是带着捡回来的新生回家来了。

我的家是一个温馨的家。

2002 年 10 月 14 日

晚年杂忆

痛悼克家

克家走了，永远永远地走了。有人认为是意内之事：一个老肺病，能活到九十九岁，才撒手人寰，不能不算是一个奇迹。在这个奇迹中建立首功者是克家夫人郑曼女士。每次提到郑曼，北大教授邓广铭则赞不绝口。他还利用他的相面的本领，说郑曼是什么“南人北相”。除了相面一点我完全不懂外，邓的意见我是完全同意的。

克家和我都是山东人，又都好舞笔弄墨。但是认识比较晚，原因是我在欧洲滞留太久。从 1935 年到 1946 年，一去就是十一年。我们不可能有机会认识。但是，却有机会打笔墨官司。在他的诗集《烙印》中，有一首写洋车夫的诗，其中有两句话：

夜深了不回家，

还等什么呢？

这种连三岁孩子都能懂得的道理——无非是想多拉几次，多给家里的老婆孩子带点吃的东西回去。而诗人却浓笔重彩，仿佛手持宝剑追苍蝇，显得有点滑稽而已。因此，我认为这是败笔。

类似这样的笔墨官司向来是难以做结论的。这一场没有结论的官司导致了我同克家成了终身挚友。我去国十一年，1946年夏回到上海，没有地方可住，就睡在克家的榻榻米上。我生平第一次，也是唯一的一次喝醉了酒，地方就在这里，时间是1946年的中秋节。

此时，我已应北京大学任教授之聘。下学期开学前，我无事可做。克家是有工作的，只在空闲的时候带我拜见了几位学术界的老前辈。在上海住够了，卖了一块瑞士表，给家寄了点钱，又到南京去看望长之。白天在无情的台城柳下漫游，晚上就睡在长之的办公桌上。六朝胜境，恍如烟云。

到了三秋树删繁就简的时候，我们陆续从上海、南京迁回北平。但是，他住东城赵堂子胡同，我住西郊北京大学，相距大概总有七八十里路。平常日子，除了偶尔在外面参加同一个会，享受片刻的晤谈之乐之外，要相见除非是梦里相逢了。

然而，忘记了是从什么时候起，我们有了一个不言的君子协定：每年旧历元旦，我们必然会从西郊来到东城克家家里，同克家、郑曼等全家共进午餐。

克家天生是诗人，脑中溢满了感情，尤其重视友谊，视朋友逾亲人。好朋友上门，看他那一副手欲舞足欲蹈的样子，真令人心旷神怡。他里表如一，内外通明。你无论如何也不会想到有半句假话会从他的嘴中流出。

就连那不足七八平米的小客厅，也透露出一些诗人的气质。一进门，就碰到逼人的墨色。三面壁上挂着许多名人的墨迹，郭沫若、冰心、王统照、沈从文等人的都有。这就证明，这客厅真有点像唐代刘禹锡的“陋室”，“谈笑有鸿儒，往来无白丁”，这两句有名的话，也确实能透露出客室男女主人做人的风范。

郑曼这一位女主人，我在上面已经说了一些好话，但是还没有完。她除了身上有那些美德外，根据我的观察，她似乎还有一点特异功能。别人做不到的事她能做到，这不是特异功能又是什么呢？我举一个小例子——种兰花。兰花是长在南方的植物，在北方很难养。我事前也并不知道郑曼养兰花。有一天，我坐在“陋室”中，在不经意中，忽然感到有几缕兰花的香气流入鼻中。鼻管里没有多大地方，容不下多少香气。人一离开赵堂子胡同，香气就随之渐减。到了车子转进燕园深处后湖十里荷香中时，鼻管里已经恍兮惚兮，但是其中有物无物却不知道了。

明眼人一看就知道，上面的说法，或者毋宁说是幻想，是没有人会认真付诸实践的。既然不能去实行，想这些劳什子干吗？这就如镜中月、水中花，聊以自怡悦而已。

写到这里，我偶然想到克家的两句诗，大意是：有的人在活着，其实已经死了。有的人死了，其实还在活着。

克家属于后者，他永远永远地活着。

2004 年 10 月 22 日

元旦思母

又一个新的元旦来到了我的眼前。这样的元旦，我已经过了九十几个。要说我对它没有新的感觉，不是恰如其分吗？

但是，古人诗说："每逢佳节倍思亲。"当前的元旦，是佳节中最佳的节。"天增岁月人增寿，春满乾坤福满门"，还能有比这更有意义的事情吗？还能有比这更佳的佳节吗？我是一个富有感情的人，感情超过需要的人，我焉得而不思亲乎？

思亲首先就是思母亲。

母亲逝世已经超过半个世纪了。我怀念她的次数却是越来越多，灵魂的震荡越来越厉害。我实在忍受不了，真想追母亲于地下了。

不知是出于什么原因，最近几年以来，我每次想到母亲，眼前总浮现出一张山水画：低低的一片山丘，上面修建了一座亭子，周围植绿竹十余竿，幼树十几株，地上有青草。按道理，这样一幅画的底色应该是微绿加微黄，宛然一幅元人倪云林的小画。然而我眼前的这幅画整幅显出了淡红色，这样一个地方，在宇宙间是找不到的。可是，我每次一想母亲，这幅画便飘然出现，到现在已经出现过许多许多次，从来没有一点改变。胡为而来哉！恐怕永远也不会找到答案的。也或许是说，在这一幅小画上的我的母亲，在这一元复始，万象更新之际，让这一幅小画告诫我，永远不要停顿，要永远向前，千万不能满足于当前自己已经获得的这一点小小的成就。要前进，再前进，永不停息。

2006 年 1 月 3 日

忆念荷姐

如果统领宇宙的造物主愿意展示他那宏大无比的法力的话，愿他让我那在济南的荷姐仍然活着，她只比我大两岁。

最近一个时期以来，经常想到荷姐。一转眼，她的面影就在我眼前晃动，莞尔而笑。在仪态上，她虽然比不了自己的胞姐小姐姐的花容月貌，但是光艳动人，她还是当之无愧的。

话头一开，就要回到七八十年前去。当时我们家同荷姐家同住一个大院，她住后院，我们住前院。我当时是一个十七八岁的毛头小伙子，语不惊人，貌不逮众，寄人篱下，宛如一只小癞蛤蟆，没有几个人愿意同我交谈的。只有两个人算是例外。一个是小姐姐，一个就是荷姐。这一件事我永远不会忘记。

到了 1929 年，我十八岁了。叔父母为了传宗接代，忙活着给我找个媳妇。谈到媳妇，我有我的选择。我的第一选择对象就是荷姐。她是一个难得的好媳妇：漂亮、聪明、伶俐、温柔。但是，西湖月老祠对联的原一联是：是前生注定事莫错过姻缘。我同荷姐的事情大概是前生没有注定，终于错过了姻缘。

1935 年，我以交换研究生的名义赴德国留学。时间原定只有两年。但是，1937 年，日寇发动了全面对华侵略战争，我无法回国。1939 年，二次世界大战爆发，我有国难归，一住就是十年。幸蒙哈隆教授（Gustav Haloun）垂青，任命我为汉学讲师，避免成为饿殍。我是一个闲不住的人。我借这个机会，学习了梵文、巴利文、吐火罗文。于 1941 年获得哲学博士学位。主系是印度学，两个副系，一个是斯拉夫语言学，一个是英国语言学。博士拿到手，我仍然毫不懈怠，开电灯以继晷，恒兀兀以穷年，结果写成了几篇论文，颇有一些新见解、新发现。论文都是用德文写成的。其中一篇讲语尾am变为u或o的问题。是一篇颇有意义的文章。Sieg教授一看，大为欣赏，立即送哥廷根科学院院刊发表。一个外国青年学者在科学院院刊上发表文章，是一件非同小可的事情。

1945年秋天，我离开了德国到瑞士去。在那里参加了庆祝国庆的盛会。对中国（那时是国民党）外交官有了初步的感性认识。

1946年，我离开瑞士，乘运载法国兵的英国巨轮，到了越南西贡。在那里住了几个月。又乘轮出发，经香港到了上海。出国十年，现在一旦回到祖国母亲的怀抱里，心中激动万分，很想跪下亲吻土地。但是，一想到国内官僚正在乘日寇高官撤走，国内大汉奸纷纷被镇压之际大要五子登科的把戏。我立即气馁，心虚，不想采取什么行动了。

这一年的夏天，我一半住在上海，一半住在南京。在上海，晚上就睡在克家的榻榻米上。在南京，晚上就睡在长之在国内编译馆的办公桌上。实际上是过着流浪的生活。心情极不稳定，切盼自己有朝一日能有自己的一间小房。

这年秋天，我从上海乘轮船到达秦皇岛。下船登车，直抵北京。当时烽火遍地。这一段铁路由美国兵把守，能得畅通。我离故都已经十年。这一次老友重逢，丝毫没有欢欣鼓舞的感觉。正相反，节令正值深秋，秋水吹昆明（湖），落叶满长安（街），一片荒寒肃杀之气。古文“悲哉秋之为气也”，差能表达我的心情于万一。

我被安排到五四时期名建筑红楼上去住。红楼早已过了自己辉煌的童年、青年和壮年，现在已经是一位耄耋老翁了。它当然是一个无生命的东西。然而，在我的心目中，它却是活的东西。静心观万物，冷眼看世界，积累了大量的智慧和见识，我住在里面，仿佛都能享受一份。甚可乐也。可是，还有另外一方面的情况。此时，四层大楼一百多间房子，只住着包括我在内的四五个人。走廊上路灯昏黄，电灯只开了几盏。一想到楼下地下室日寇占领期间是日本宪兵队刑讯中国革命者的地方，也是他们杀人的地方。据说，到现在还能听到鬼叫。我居德国十年，心中鬼神的概念已经荡然无存。即使是这样，我现在住在这一座空荡荡的大楼里，只感到鬼影憧憧，鬼气森森，我不禁毛发直竖。

第二天，我去见汤用彤先生。由陈寅恪先生推荐，汤用彤先生接受，我受聘为北京大学教授。这次去见汤先生，由代校长傅斯年陪伴。校长胡适正在美国。在路上，傅斯年先生一个劲地给我做思想工作。说在国外获得博士学位以后，回国到北大都必须先当两年的副教授，然后才能转为正教授。这是多年的规定，不允许有例外。我洗耳恭听，一言不发。见到汤先生以后，他明确无误地告诉我：聘我为北京大学正教授，先做一个礼拜的副教授，表示并不是无端跳过了这一个必经的阶段。我当然感激之至。这是我在六十年前进入北大时的一段佳话。

这一年和下一年——1947年，我都在北大教书。一直到1948年，我才得到一个机会，搭乘飞机，飞回济南。我已经离家十三年了。这一次回来，也可以说是一享家人父子之乐吧。

荷姐当然见到了。她漂亮如故，调皮有加。一见我，先是高声呼叫“季大博士”。这我并不奇怪，我们从小互相开玩笑惯了。但是，她接着左一个“季大博士”，右一个“季大博士”，说个不停。这就引起了我的疑心。我悚然听之，我猛然发现，在她的内心深处蕴藏着一点凄凉，一点寂寞，一点幽怨，还有一点悔不当初。一谈到悔不当初，我就必须说，这是我们自己酿成的一杯苦酒，必须由我们自己来品尝。在这里，主要当事人是荷姐本人，我一点责任都没有。

从此以后，就同荷姐失去了联系，到现在已经快六十年了。其间，我曾由李玉洁陪伴回济南一次，目的是参加山大校庆。来去匆匆，没有时间去探寻荷姐的行踪。到了今天，又已经过去了几年。看来，要想见到荷姐，只有梦中团圆了。

2006.4.8

天上人间

大家一看就知道，这个题目来自南唐李后主的词：“流水落花春去也，天上人间。”这是表示他生活中巨大的落差的：从一个偏安的小君主一落而为宋朝的阶下囚，这落差真可谓大矣。我们平头老百姓是没有这些福气的。

但是，比这个较小的生活落差，我们还会有的。我现在已住在医院中，是赫赫有名的三〇一医院。这一所医院规模大、设备全、护士大夫水平高、敬业心强。

在这里治病，当然属于天上。

现在就让我在北京找一个人间的例子，我还真找不出来，因为我没有到过几家医院。

在这里，我只有乞灵于回忆了。

大约在六七十年以前，当时还在济南读书，父亲在故乡清平官庄病倒了。叔父和我不远数百里回老家探亲。父亲直挺挺地躺在土炕上，面色红润，双目甚至炯炯有光，只是不能说话。

那时候，清平官庄一带没有医生，更谈不到医院。只有北边十几里路的地方，有一个地主大庄园，这个地主被誉为医生。谁也不会去打听，他在哪里学的医。只要有人敢说自己是医生，百姓就趋之若鹜了，我当然不能例外。我从二大爷那里要了一辆牛车，隔几天上午就从官庄乘牛车，嘎悠嘎悠走十多里路去请大夫，绝不会忘记在路上某一小村买一木盒点心。下午送大夫回家的时候，又不会忘记到某一小村去抓一服草药。

当时正是夏天，青纱帐茁起，正是绿林大王活动的好时候，青纱帐深处好像有许多只不怀好意的眼睛在瞅着我们，并不立即有什么行动，但是威胁是存在的。我并不为我自己担心，我贫无立锥之地，不管山大王或山小王，都不会对我感什么兴趣，但是坐在车里面的却有大地主身。平常时候，青纱帐一起，他就蛰伏在大庄园内，决不出门。现在为了给我这个大学生一个面子，冒险出来，给我父亲治病。

但是，结果怎样呢？结果是：暑假完了，父亲死了，牛车不再嘎悠了，点心匣子不再提了，秋收完毕，青纱帐消失了，地主可以安居大庄园里了。总之，父亲生病和去世这个过程，正好提供了一个与今天三〇一医院相反的例子。现在是天上，那时是人间。如此而已。

笑着走

走者，离开这个世界之谓也。赵朴初老先生，在他生前曾对我说过一些预言式的话。比如，1986 年，朴老和我奉命陪班禅大师乘空军专机赴尼泊尔公干。专机机场在大机场的后面。当我同李玉洁女士走进专机候机大厅时，朴老对他的夫人说："这两个人是一股气。"后来又听说，朴老说"别人都是哭着走，独独季羡林是笑着走。"这一句话给我留下了很深的印象。我认为，他是十分了解我的。

现在就来分析一下我对这一句话的看法。应该分两个层次来分析：逻辑分析和思想感情分析。

先谈逻辑分析。

江淹的《恨赋》最后两句是："自古皆有死，莫不饮恨而吞声。"第一句话是说，死是不可避免的。对待不可避免的事情，最聪明的办法是，以不可避视之，然后随遇而安，甚至逆来顺受，使不可避免的危害性降至最低点。如果对生死之类的不可避免性进行挑战，则必然遇大灾难。“服食求神仙，多为药所误”，秦皇、汉武、唐宗等是典型的例子。既然非走不行，哭又有什么意义呢？反不如笑着走更使自己洒脱、满意、愉快。这个道理并不深奥，一说就明白的。我想把江淹的文章改一下：既然自古皆有死，何必饮恨而吞声呢？

总之，从逻辑上来分析，达到了上面的认识，我能笑着走，是不成问题的。

但是，人不仅有逻辑，他还有思想感情。逻辑上能想得通的，思想感情未必能接受。而且思想感情的特点是变动不居。一时冲动，往往是靠不住的。因此，想在思想感情上承认自己能笑着走，必须有长期的磨炼。

在这里，我想，我必须讲几句关于赵朴老的话。不是介绍朴老这个人，“天下谁人不识君”，朴老是用不着介绍的。我想讲的是朴老的“特异功能”。很多人都知道，朴老一生吃素，不近女色，他有特异功能，是理所当然的。他是虔诚的佛教徒，一生不妄言。他说我会笑着走，我是深信不疑的。

我虽然已经九十五岁，但自觉现在讨论走的问题，为时尚早。再过十年，庶几近之。

2006年3月19日

九十五岁初度

又碰到了一个生日。一副常见的对联的上联是：天增岁月人增寿。我又增了一年寿。庄子说：万物方生方死。从这个观点上来看，我又死了一年，向死亡接近了一年。

不管怎么说，从表面上来看，我反正是增长了一岁，今年算是九十五岁了。

在增寿的过程中，自己在领悟、理解等方面有没有进步呢？

仔细算，还是有的。去年还有一点叹时光之流逝的哀感，今年则完全没有了。这种哀感在人们中是最常见的。然而也是最愚蠢的。“人间正道是沧桑”，时光流逝，是万古不易之理。人类，以及一切生物，是毫无办法的。“夫天地者，万物之逆旅；光阴者，百代之过客。”对于这种现象，最好的办法是听之任之，用不着什么哀叹。

我现在集中精力考虑的一个问题是：如何避免“当时只道是寻常”的这种尴尬情况。“当时”是指过去的某一个时间。“现在”，过一些时候也会成为“当时”的。这样一来，我们就会永远有这样的哀叹。我认为，我们必须从事实上，也可以说是从理论上考察和理解这个问题。我想谈两个问题，第一个是如何生活？第二个是如何回忆生活？

先谈第一个问题。

一般人的生活，几乎普遍有一个现象，就是倥偬。用习惯的说法就是匆匆忙忙。五四运动以后，我在济南读到了俞平伯先生的一篇文章。文中引用了他夫人的话：“从今以后，我们要仔仔细细过日子了。”言外之意就是嫌眼前日子过得不够仔细，也许就是日子过得太匆匆的意思。怎样才叫仔仔细细呢？俞先生夫妇都没有解释，至今还是个谜。我现在不揣冒昧，加以解释。所谓仔仔细细就是：多一些典雅，少一些粗暴；多一些温柔，少一些莽撞；总之，多一些人性，少一些兽性。如此而已。

至于如何回忆生活，首先必须指出：这是古今中外一个常见的现象。一个人，不管活得多长多短，一生中总难免有什么难以忘怀的事情。这倒不一定都是喜庆的事情，比如洞房花烛夜、金榜题名时之类。这固然使人终生难忘。反过来，像夜走麦城这样的事，如果关羽能够活下来，他也不会忘记的。

总之，我认为，回想一些俱往矣类的事情，总会有点好处。回想喜庆的事情，能使人增加生活的情趣，提高向前进的勇气。回忆倒霉的事情，能使人引以为鉴，不致再蹈覆辙。

现在，我在这里，必须谈一个无论如何也绕不过去的问题：死亡问题。我已经活了九十五年。无论如何也必须承认这是高龄。但是，在另一方面，它离开死亡也不会太远了。

一谈到死亡，没有人不厌恶的。我虽然还不知道，死亡究竟是什么样子，我也并不喜欢它。

写到这里，我想加上一段非无意义的闲话。对于寿命的态度，东西方是颇不相同的。中国人重寿，自古已然。汉瓦当文延年益寿，可见汉代的情况。人名李龟年之类，也表示了长寿的愿望。从长寿再进一步，就是长生不老。李义山诗："嫦娥应悔窃灵药，碧海青天夜夜心。"灵药当即不死之药。这也是一些人，包括几个所谓英主在内，所追求的境界。汉武帝就是一个狂热的长生不老的追求者。精明如唐太宗者，竟也为了追求长生不老而服食玉石散之类的矿物，结果是中毒而死。

上述情况，在西方是找不到的。没有哪一个西方的皇帝或国王会追求长生不老。他们认为，这是无稽之谈，不屑一顾。

我虽然是中国人，长期在中国传统文化熏陶下成长起来的，但是，在寿与长生不老的问题上，我却倾向西方的看法。中国民间传说中有不少长生不老的故事，这些东西侵入正规文学中，带来了不少的逸趣，但始终成不了正果。换句话说，就是，中国人并不看重这些东西。

中国人是讲求实际的民族。人一生中，实际的东西是不少的，其中最突出的一个东西就是死亡。人们都厌恶它，但是却无能为力。

一个九十五岁的老人，若不想到死亡，那才是天下之怪事。我认为，重要的事情，不是想到死亡，而是怎样理解死亡。世界上，包括人类在内，林林总总，生物无虑上千上万。生物的关键就在于生，死亡是生的对立面，是生的大敌。既然是大敌，为什么不铲除之而后快呢？铲除不了的。有生必有死，是人类进化的规律。是一切生物的规律，是谁也违背不了的。

对像死亡这样的谁也违背不了的灾难，最有用的办法是先承认它，不去同它对着干，然后整理自己的思想感情。我多年以来就有一个座右铭："纵浪大化中，不喜亦不惧。应尽便须尽，无复独多虑。"是陶渊明的一首诗。该死就去死，不必多嘀咕。多么干脆利落！我目前的思想感情也还没有超过这个阶段。江文通《恨赋》最后一句话是："自古皆有死，莫不饮恨而吞声。"我相信，在我上面说的那些话的指引下，我一不饮恨，二不吞声。我只是顺其自然，随遇而安。

我也不信什么轮回转世。我不相信，人们肉体中还有一个灵魂。在人们的躯体还没有解体的时候灵魂起什么作用，自古以来，就没有人说得清楚。我想相信，也不可能。

对你目前的九十五岁高龄有什么想法？我既不高兴，也不厌恶。这本来是无意中得来的东西，应该让它发挥作用。

比如说，我一辈子舞笔弄墨，现在为什么不能利用我这一支笔杆子来鼓吹升平，增强和谐呢？现在我们的国家是政通人和、海晏河清，可以歌颂的东西真是太多太多了。歌颂这些美好的事物，九十五年是不够的。因此，我希望活下去。岂止于此，相期以茶。

2006 年 8 月 8 日

附录　小传

季羡林，1911 年 8 月 6 日生于山东省清平县一个农民家庭里。七岁赴济南，上小学、初中、高中。1930 年考入清华大学西语系。1934 年毕业，任山东省立济南高中国文教员一年。1935 年秋考取清华大学与德国交换的研究生，入哥廷根大学，学习梵文、巴利文、吐火罗文等，1941 年通过论文，口试及格，获哲学博士学位。1946 年回国，任北京大学教授兼东方语言文学系主任，一直到现在。1978 年起兼任北京大学副校长，中国社会科学院南亚研究所所长。

自己的专业原来是印度古代语言学，后来扩大到印度古代历史和梵文文学，以及中印文化关系史、印度佛教史等。翻译梵文作品有《沙恭达罗》《优哩婆湿》《五卷书》等，皆已出版。最近几年，从事诗史《罗摩衍那》的翻译，将分七册陆续出版。此外，还译有德国女小说家安娜•西格斯短篇小说集，已出版。

从中学起，就学习着写散文。已集成三个集子：《天竺心影》《朗润集》《季羡林选集》，都将出版。

自己现已年近古稀。回想过去几十年漫长的生活，觉得自己同文学发生关系，有其必然性，也有其偶然性。我确实是从中学起就喜爱文学。在高中时期，最初是写文言文，老师是很有学问的王崑玉先生。后来换了老师，就改写白话文。在这期间，我写过不少的散文，也曾写过诗。我的国文老师胡也频先生和董秋芳（冬芬）先生给了我很大的鼓励，也许是过分的鼓励，我有点受之有愧。后来，胡先生为我们党的事业，壮烈牺牲，成了烈士。董先生在几年以前也与世长辞。但我总是常常想到他们，感谢他们对我的鼓励与指导。无论如何，从那以后我就同文学结下了不解之缘。到了大学，念的是西洋文学，曾翻译过一些欧美作品，也继续从事散文的写作。虽然写得不多，但始终未断。

但是我大概注定是一个“杂家”。大学毕业以后，隔了一年，开始走上研究梵文的道路。我研究梵文，一开始并不想专门研究文学，虽然梵文文学之丰富是古代世界上少有的。我专心致志地研究的是梵文混合方言，属于语言学的范围。我对这种语言产生了极大的兴趣。在十几年中，“焚膏油以继晷，恒兀兀以穷年”。就连在第庐中整天同许多古怪的语法现象拼命，把一切都置之度外。现在回想起来，也觉得有点不可解了。在这期间既没有翻译梵文文学作品，也很少写什么散文。

回国以后，情况有了很大的变化。我喜欢的那一套印度古代语言，还有新疆出土的吐火罗语，由于缺少起码的书刊资料，不管我多么不愿意，也只能束之高阁，研究没有法子进行下去了。干些什么呢？我徘徊，我迟疑。我那“杂家”的天性这时就抬起头来。有什么饭，就吃什么饭；有多少碗，就吃多少碗。这就是当时的指导思想。于是，我研究印度历史，古代史同近现代史都搞。我研究中印文化关系史费了很大的劲，积累资料。我翻译印度梵文文学作品，我也研究印度佛教史，如此等等。但是积习难除，有时也写点散文。在出国访问之后，写得比较多。因为印象深，感触多，心里似乎有了“灵感”，不写出来是不行的。在学校的时候，天天过着刻板的生活，往往一年半载什么“灵感”也没有，什么东西也写不出。自己就心安理得地做“杂家”。像鸡吃东西一样，东抓一把，西抓一把，什么东西钻得都不深，好的论文也写不出来。同时还忙于行政工作，忙于开会。终日忙忙碌碌，静夜自思，心潮起伏，觉得自己是走上了一条自己不大愿意走的道路。但是“马行在夹道内，难以回马”，只有走下去了。有时候拿出年轻时在国外写的关于混合梵语的论文，觉得是别人写的，不像是出于自己的手笔。此中情思，不足为外人道也。

但是我仍然执着于文学。梵文文学我翻译，德国文学我翻译，英文写的东西我也翻译，散文也写。有人认为，搞一些枯燥的语法现象、艰深的宗教理论，会同文学活动有矛盾。也许因为我两方面都搞得不够深，所以并没有感到什么矛盾，反而觉得有利于脑筋的休息。换一个工作，脑筋就好像刀子重新磨了一样，顿时锋利好用。三十多年来，我就这样搞了下来。一方面对年轻时候从事的研究工作无限留恋，以不能继续研究下去为终生憾事；一方面又东抓西抓，翻译与写作同时并举。转瞬之间，黄粱一梦，已经接近古稀之年了。

把我同“文学家”或“作家”联系在一起，我有时候觉得颇有点滑稽。现在又遵命作为一个“文学家”写自己的自传，更是滑稽透顶了。然而事情就是这个样子，有什么办法呢？谨将自己的生平和几十年来的心情略述一二，供有兴趣的同志参考。

1980年8月原收入《中国现代作家传略》，1980年

图书在版编目（CIP）数据

繁华落尽是孤独 / 季羡林著 . —厦门：鹭江出版社，2017.1（2019.11重印）

ISBN 978-7-5459-1306-4

Ⅰ.①繁… Ⅱ.①季… Ⅲ.①散文集－中国－当代 Ⅳ.① I267

中国版本图书馆 CIP 数据核字（2016）第 316944 号

咪咕数媒 联合策划

FANHUA LUOJIN SHI GUDU

繁华落尽是孤独

季羡林 著

出版发行：鹭 江 出 版 社
地　　址：厦门市湖明路 22 号　　**邮政编码**：361004
印　　刷：三河市兴博印务有限公司
地　　址：河北省廊坊市三河市杨庄镇大窝头村西　**邮政编码**：065200
开　　本：880mm × 1230mm　1/32
插　　页：4
印　　张：9.5
字　　数：173 千字
版　　次：2017 年 1 月第 1 版　2019 年 11 月第 13 次印刷
书　　号：ISBN 978-7-5459-1306-4
定　　价：42.00 元